AMÉLIE NOTHOMB
SEDE

Tradução
Gisela Bergonzoni

Sempre soube que me condenariam à morte. A vantagem dessa certeza é que posso voltar minha atenção àquilo que merece: os detalhes.

    Achava que meu processo seria uma paródia de justiça. E, de fato, foi, mas não como eu acreditava. No lugar da formalidade, rapidamente despachada, como havia imaginado, tive direito ao grande espetáculo. O procurador não deixou nada ao acaso.

    As testemunhas de acusação desfilaram uma após a outra. Não acreditei no que vi quando me deparei com os noivos de Canaã chegando, meus primeiros miraculados.

— Este homem tem o poder de transformar água em vinho — declarou o marido, com seriedade. — No entanto, esperou o fim do casamento para exercer seu dom. Deleitou-se com nossa angústia e nossa humilhação, enquanto poderia, tão facilmente, ter evitado ambas. Por causa dele, servimos o melhor vinho depois do mediano. Fomos a piada do vilarejo.

Fitei calmamente meu acusador nos olhos. Ele me encarou de volta, seguro de sua justiça e correção.

O oficial real veio descrever a má vontade com que eu havia curado seu filho.

— Como está seu filho agora? — não pôde deixar de perguntar meu advogado, o defensor público menos eficaz que se possa conceber.

— Muito bem. Grande mérito! Com a magia dele, apenas uma palavra basta.

Os trinta e sete miraculados despejaram a roupa suja. O que mais me divertiu foi o exorcizado de Cafarnaum:

— Minha vida se tornou um tédio depois do exorcismo!

O antigo cego se queixou da feiura do mundo, o antigo leproso declarou que ninguém mais lhe dava esmola, o sindicato dos pescadores de Tiberíades me acusou de ter favorecido um grupo em detrimento de outros, Lázaro contou como era terrível viver com um odor de cadáver que não saía da pele.

Evidentemente, não foi preciso suborná-los, nem mesmo incentivá-los. Todos vieram testemunhar contra mim por vontade própria. Mais de um disse como se sentia aliviado por poder, enfim, desabafar na presença do culpado.

Na presença do culpado.

Não sou tão calmo como aparento. Foi preciso muito esforço para escutar essas ladainhas sem reagir. Todas as vezes, olhei a testemunha nos olhos apenas com uma expressão de doçura espantada. Todas as vezes, encararam-me de volta com soberba, desafiaram-me, mediram-me de cima a baixo.

A mãe de uma criança que eu havia curado chegou ao ponto de me acusar de ter arruinado sua vida.

— Quando o garoto estava doente, ficava quieto. Agora esperneia, grita, chora; não tenho mais um minuto de paz, não durmo mais à noite.

— Não foi a senhora que pediu ao meu cliente que curasse seu filho? — perguntou o defensor público.

— Que curasse, sim, não que o deixasse tão infernal quanto era antes da doença.

— Talvez a senhora devesse ter sido mais específica nesse ponto.

— Mas ele é ou não é onisciente?

Boa pergunta. Eu sempre sei *Ti*, e nunca *Πώς*.[1] Conheço os complementos verbais, nunca os adjuntos adverbiais. Portanto, não, não sou onisciente: vou descobrindo os advérbios aos poucos, e eles me deixam perplexo. Tem razão quem diz que o diabo mora nos detalhes.

Na verdade, não só foi desnecessário incitá-los a testemunhar pela acusação, eles desejaram fazê-lo com ardor. A satisfação com que cada um deles falou contra mim me deixou estupefato. Sobretudo porque isso não era, de modo algum, necessário. Todos sabiam que eu seria condenado à morte.

A profecia nada tem de misteriosa. Eles conheciam meus poderes e podiam constatar que não me servi deles para me salvar. Não tinham, portanto, nenhuma dúvida a respeito da resolução do caso.

---

[1]. "O quê" e "como". (N.E.)

Por que insistiram em me infligir uma infâmia tão inútil? O problema do mal não é nada se comparado ao da mediocridade. Durante os depoimentos, eu percebia o prazer deles. Gozavam por se comportar como miseráveis diante de mim. Sua única decepção foi que meu sofrimento não era mais evidente. Não que eu quisesse privá-los dessa volúpia, mas meu espanto era muito maior do que minha indignação.

Sou um homem, nada que é humano me é estranho. Entretanto, não entendo a natureza daquilo que os dominou no momento de vociferar aquelas abominações. E considero minha incompreensão um fracasso, um erro.

Pilatos havia recebido instruções a meu respeito, e eu via seu descontentamento; não porque eu lhe fosse minimamente simpático, mas porque as testemunhas provocavam o homem racional que existia nele. Minha estupefação o confundiu, ele quis me oferecer a oportunidade de contestar aquela torrente de tolices.

— Acusado, tens alguma coisa a dizer? — perguntou-me, com a expressão de um ser inteligente que se dirige a um par.

— Não — respondi.

Ele balançou a cabeça, parecendo pensar que de nada adiantava estender a mão a quem se desinteressava tanto pela própria sorte.

Na verdade, não disse nada porque tinha coisas demais a dizer. E, se tivesse falado, não teria sido capaz de esconder meu desprezo. Senti-lo me atormenta. Fui homem por tempo suficiente para saber que certos sentimentos não se reprimem. É importante dar vazão a eles sem procurar contrariá-los: é assim que não deixam nenhum rastro.

O desprezo é um demônio adormecido. Um demônio que não age, não tarda a se destruir. Quando se está no tribunal, as palavras têm valor de atos. Calar meu desprezo era o mesmo que impedi-lo de agir.

Pilatos consultou seus conselheiros:

— A prova de que esses testemunhos são falsos é que nosso homem não exerce magia alguma para se libertar.

— Também não é esse o motivo pelo qual exigimos sua condenação.

— Eu sei. Peço apenas que seja condenado. Só não gostaria de ter a impressão de fazê-lo por bobagens!

— Em Roma, o povo precisa de pão e circo. Aqui, precisam de pão e de milagres.

— Bom, se é política, não me incomoda mais.

Pilatos se levantou e declarou:

— Acusado, serás crucificado.

Gostei de sua economia de linguagem. O gênio do latim nunca comete um pleonasmo. Teria detestado que dissesse: "Serás crucificado até a morte". Uma crucificação não tem outro desfecho possível.

Mas ouvir isso de sua boca causou impacto. Olhei para as testemunhas e senti seu incômodo tardio. No entanto, todas sabiam que eu seria condenado e foram bastante zelosas a ponto de contribuir ativamente para essa sentença. Agora, elas fingiam achá-la excessiva e estar chocadas pela barbárie do procedimento. Algumas tentavam encontrar meu olhar para se desvincular do que iria acontecer. Desviei os olhos.

Não sabia que morreria assim. Não era uma novidade qualquer. Pensei, primeiro, na dor. Minha mente se esquivou: não se pode apreender semelhante sofrimento.

A crucificação é o que se reserva aos crimes mais vergonhosos. Eu não esperava essa humilhação. No entanto, era o que haviam pedido a Pilatos. Era inútil se perder em conjecturas: Pilatos não havia se oposto. Ele devia me condenar à morte, mas poderia ter escolhido a decapitação, por exemplo. Em que momento o exasperei? Sem dúvida quando não neguei os milagres.

Eu não podia mentir: esses milagres eram, de fato, obra minha. E, contrariamente ao que as testemunhas afirmavam, eles me haviam custado esforços extraordinários. Ninguém jamais me ensinara a arte de realizá-los.

Então, tive um pensamento engraçado: ao menos, esse suplício que me esperava não exigiria de mim nenhum milagre. Bastava que me deixasse levar.

— Vamos crucificá-lo hoje? — alguém perguntou.

Pilatos se questionou e olhou para mim. Ele deve ter percebido que estava faltando alguma coisa, pois respondeu:

— Não. Amanhã.

Quando fiquei sozinho na cela, soube o que ele gostaria que eu sentisse: medo.

Ele tinha razão. Até aquela noite, eu não sabia realmente o que era o medo. No Jardim das Oliveiras, na véspera de minha prisão, foi a tristeza e o desamparo que me levaram às lágrimas.

Agora, eu descobria o medo. Não o medo de morrer, que é a abstração mais comum, mas o medo da crucificação: um medo muito concreto.

Tenho a convicção incontestável de ser o mais encarnado dos humanos. Quando me deito para dormir, essa simples entrega me causa um prazer tão grande que preciso me conter para não gemer. Tomar o mais humilde ensopado ou beber água, mesmo que não esteja fresca, arrancariam-me suspiros de volúpia se eu não me controlasse. Já me aconteceu de chorar de prazer ao respirar o ar da manhã.

O oposto também é verdadeiro: a mais insignificante das dores de dente me aflige mais do que o normal. Lembro-me de maldizer minha sorte por conta de uma farpa. Escondo tanto essa natureza dolorida quanto a anterior: isso não se enquadra com o que devo representar. Um mal-entendido a mais.

Em trinta e três anos de vida, pude constatar: o maior feito de meu pai é a encarnação. Que uma potência desencarnada tenha tido a ideia de inventar o corpo permanece um golpe de mestre. Como o criador não seria ultrapassado por essa criação cujo impacto ele não compreendia?

Tenho vontade de dizer que é por isso que ele me concebeu, mas não é verdade.

Teria sido um bom motivo.

Os humanos reclamam, com razão, das imperfeições do corpo. A explicação é óbvia: de que valeria uma casa desenhada por um arquiteto que não tivesse residência? Só se atinge a excelência naquilo que se pratica no dia a dia. Meu pai nunca teve corpo. Para um leigo, acho que se saiu muito bem.

Meu medo desta noite foi uma vertigem física com a ideia daquilo que estava prestes a suportar. Espera-se que os supliciados se mostrem à altura. Quando não urram de dor, fala-se de sua coragem. Suspeito de que se trate de outra coisa: verei o quê.

Eu temia os pregos que atravessariam minhas mãos e meus pés. Era estúpido: havia certamente sofrimentos muito mais intensos. Mas esse, ao menos, eu podia imaginar.

O carcereiro me disse:

— Tenta dormir. Amanhã, vais precisar de toda energia.

Diante do meu ar irônico, ele recomeçou:

— Não rias. É preciso ter saúde para morrer. Estás avisado.

Exato. Além disso, era a minha última chance de dormir, algo que tanto aprecio. Tentei, deitei-me no chão, entreguei meu corpo ao repouso: ele não quis saber de mim. Cada vez que fechava os olhos, em vez do sono eu encontrava imagens aterrorizantes.

Então, fiz como todo mundo: para lutar contra pensamentos insustentáveis, lancei mão de outros pensamentos.

Revivi o primeiro milagre, meu preferido. Constatei, com alívio, que o testemunho lamentável dos noivos não havia maculado minha lembrança.

No entanto, ele não havia começado bem. Ir a um casamento na companhia da mãe é uma experiência penosa. Apesar de uma alma pura, minha mãe não deixa de ser uma mulher normal. Ela me olhava de soslaio como quem diz: "E tu, meu filho, o que esperas para tomar uma esposa?". Eu fingia não perceber.

Devo confessar que não gosto muito de casamentos. Esse sentimento resiste à análise. Esse tipo de sacramento me enche de uma angústia que entendo ainda menos porque não me diz respeito. Não me casarei e não sinto nenhum arrependimento.

Era um casamento comum: uma festa onde as pessoas demonstravam mais alegria do que realmente sentiam. Eu sabia que esperavam algo a mais de mim. O quê? Eu não fazia ideia.

Refeição prestigiosa: pão, peixe grelhado e vinho. O vinho não era notável, mas o pão ainda quente do forno estava crocante e os peixes corretamente salgados me enchiam de prazer. Eu comia concentrado, para não perder nada daqueles sabores e daquelas consistências. Minha mãe parecia incomodada pelo fato de eu não conversar com os convivas. Aliás, é com ela que me pareço: ela não é de falar muito. E, assim como ela, sou incapaz de falar por falar.

Sentia pelos noivos a indiferença amável que temos pelos amigos de nossos pais. Devia ser a terceira vez que os via, e, como sempre, eles exageravam: "Conhecemos Jesus quando ele era pequeno" e "A barba te deixa diferente". O excesso de familiaridade dos humanos me deixa um pouco desconfortável. Preferia nunca ter visto esses recém-casados. Nossa relação teria sido mais verdadeira.

Sentia saudades de José. Aquele homem admirável, que não falava mais do que minha mãe e eu, tinha o talento de enganar: ele escutava tão bem as pessoas que elas acreditavam ouvir uma resposta. Não herdei essa virtude dele. Quando as pessoas falam sem ter nada a dizer, nem mesmo finjo escutar.

— Estás pensando em quê? — murmurou minha mãe.

— Em José.

— Por que o chamas assim?

— Sabes bem.

Nunca tive certeza de que ela soubesse, mas se fosse preciso explicar esse tipo de coisa à própria mãe, não sairia desta.

Uma espécie de agitação começou.

— Estão sem vinho — disse minha mãe.

Não vi qual era o problema. Grande coisa que acabasse aquele vinho aguado! A água fresca matava melhor a sede, e eu continuava a comer conscienciosamente. Precisei de um tempo para entender que, para aquela família, essa falta de vinho constituía uma desonra irreparável.

— Estão sem vinho — repetiu minha mãe, dirigindo-se particularmente a mim.

Um abismo se abriu debaixo de meus pés. Que mulher estranha essa minha mãe! Ela queria que eu fosse normal e que, ao mesmo tempo, realizasse prodígios!

Como me senti só naquele instante! Não havia mais o que tergiversar. Foi então que, de repente, tive uma intuição. Disse:

— Trazei-me jarras d'água.

O dono da casa ordenou que me obedecessem; um grande silêncio se instalou. Se eu tivesse refletido, estaria perdido. O necessário era o oposto de uma reflexão. Eu mergulhei em mim. Sabia que o poder se alojava sob a pele e que podia acessá-lo se eliminasse o pensamento. Dei voz àquilo que, dali em diante, chamaria de casca, e não sei o que aconteceu. Durante um tempo insuperável, cessei de existir.

Quando voltei a mim, os convivas se extasiavam:

— É o melhor vinho que já se bebeu na região!

Cada um provava o novo vinho com o olhar de devoção que se espera durante cerimônias religiosas. Reprimi uma colossal vontade de rir. Então meu pai havia achado adequado que eu descobrisse essa potência na falta de vinho. Que humor! E como reprová-lo? O que é mais importante que o vinho? Eu já era homem há tempo suficiente para saber que a alegria não era natural e que, muitas vezes, o único jeito de encontrá-la era por meio de um bom vinho.

O júbilo invadiu a festa. Os noivos, enfim, pareciam felizes. A dança tomou conta deles, o espírito do vinho não poupou ninguém.

— Não se deve servir o melhor vinho depois do mediano! — as pessoas disseram aos anfitriões.

Garanto que não foi dito em tom de crítica. Aliás, essa é uma declaração bastante discutível. Penso o contrário. É melhor começar por um vinho qualquer para, primeiro, trazer a alegria ao coração. É quando o homem está assim, alegre, que se torna capaz de acolher o grande vinho, de conceder a atenção suprema que ele merece.

É meu milagre preferido. A escolha não é difícil, é o único milagre de que gostei. Eu havia acabado de descobrir a casca e estava deslumbrado. Quando fazemos, pela primeira vez, algo que está tão acima de nós, logo nos esquecemos do esforço desmedido e só retemos o encantamento do resultado.

Além disso, tratava-se de vinho, era uma festa. Em seguida, isso se perdeu; virou sofrimento, doença, morte ou apanhar uns pobres peixes, que eu teria preferido manter livres e vivos. Sobretudo, recorrer ao poder da casca, com conhecimento de causa, mostrou-se mil vezes mais difícil do que sua revelação.

* * *

O pior é a expectativa das pessoas. Em Canaã, com exceção de minha mãe, ninguém exigia nada de mim. Depois, aonde quer que eu fosse, haviam preparado uma armadilha, haviam posto em meu caminho um acamado ou um leproso. Realizar um milagre não era mais oferecer uma graça, era cumprir meu dever.

Quantas vezes li, no olhar daqueles que me estendiam um cotoco ou de um moribundo, não uma súplica, mas uma ameaça! Se tivessem ousado formular seu pensamento, este teria sido: *Ficaste célebre com essas tolices, agora é bom entregares, senão verás!* Já aconteceu de eu não realizar o milagre pedido, porque não tive a força de me aniquilar para liberar o poder da casca: quanto ódio isso me valeu!

Na sequência, refleti e não aprovei esses prodígios. Eles falsearam aquilo que eu tinha vindo trazer; o amor não era gratuito, era preciso que servisse para alguma coisa. Sem falar no que havia descoberto esta manhã, durante o processo: nenhum dos miraculados sentia por mim a mínima gratidão; ao contrário, eles reprovavam amargamente meus milagres, até mesmo o casal de Canaã.

Não quero me lembrar disso. Quero me lembrar somente do júbilo de Canaã, a inocência de nossa felicidade em beber aquele vinho que surgira do nada, a pureza daquela primeira embriaguez. Esta só vale a pena quando é compartilhada. Na noite de Canaã, estávamos todos embriagados, e da melhor forma. Sim, minha mãe estava alegrinha, e isso lhe caía bem. Desde a morte de José, poucas vezes a havia visto feliz. Minha mãe dançava, dancei com ela, aquela boa mulher que é minha mãe e que amo tanto. Minha embriaguez dizia que eu a amava, e eu sentia a resposta que, no entanto, ela calava: "Meu filho, sei que há algo especial em relação a ti, temo que isso cause problemas um dia, mas agora estou orgulhosa de ti e feliz de beber o bom vinho que fizeste com tua magia".

Embriagado, era o que eu estava naquela noite, e essa embriaguez era santa. Antes da encarnação, eu não tinha peso. O paradoxo é que é preciso pesar para conhecer a leveza. A ebriedade libera o peso e dá a impressão de que vamos voar. O espírito não voa, desloca-se sem obstáculo, é muito diferente. Os pássaros têm um corpo, seu voo vem da conquista. Nunca me cansarei de repetir: ter um corpo é a melhor coisa que pode acontecer.

Imagino que amanhã eu ache o contrário, quando meu corpo for supliciado. Posso, no entanto, renegar as descobertas que ele me proporcionou? Conheci as maiores alegrias de minha vida por meio do corpo. E preciso dizer que minha alma e meu espírito não foram deixados para trás?

Também os milagres eu obtive pelo corpo. O que chamo de casca é físico. Ter acesso a ela supõe o aniquilamento momentâneo do espírito. Nunca fui outro homem senão eu mesmo, mas tenho a íntima convicção de que cada um de nós possui esse poder. A razão pela qual recorremos tão pouco a ele é a terrível dificuldade de empregá-lo. É preciso coragem e força para escapar do espírito, e isso não é uma metáfora. Alguns humanos conseguiram fazê-lo antes de mim, alguns humanos o farão depois de mim.

Meu conhecimento do tempo não difere do de meu destino: sei *Τι*, ignoro *Πώς*. Os nomes pertencem a *Πώς*, por isso, não conheço o nome de um escritor por vir que dirá: "A pele é o que há de mais profundo no homem". Ele vai beirar a revelação; porém, de todo modo, mesmo aqueles que o glorificarão não compreenderão o que há de concreto em seu discurso.

Não é exatamente a pele, mas o que está logo abaixo. Ali reside a onipotência.

Esta noite, não haverá milagres. Está fora de questão me esquivar daquilo que me espera amanhã. Não é por falta de vontade.

    Uma única vez tirei vantagem desse poder da casca. Estava com fome, as frutas da figueira não estavam maduras. Eu, que tinha tanta vontade de morder um figo acalorado pelo sol, suculento e doce, amaldiçoei a árvore e a condenei a nunca mais dar frutos. Usei como pretexto uma parábola, e não das mais convincentes.

    Como pude cometer tamanha injustiça? Não era a estação dos figos. É meu único milagre destruidor. Na verdade, naquele dia, fui comum. Frustrado pela minha gulodice, deixei que meu desejo se transformasse em cólera. A gula, no entanto, é algo muito belo, bastava mantê-la intacta e me dizer que, depois de um ou dois meses, poderia saciá-la.

Não sou livre de defeitos. Há em mim uma cólera que insiste em transbordar. Houve o episódio dos mercadores do Templo: ao menos, minha causa era justa. Dali a dizer: "Vim trazer a espada", há alguma diferença.

À véspera de morrer, percebo que não me envergonho de nada, a não ser da figueira. Realmente me enfureci com um inocente. Não vou me mortificar num arrependimento estéril, apenas fico contrariado de não poder me recostar sob essa árvore, abraçá-la e lhe pedir perdão. Bastaria que ela me perdoasse, e sua maldição terminaria no mesmo instante, ela poderia novamente dar frutos e se orgulhar de como penderiam deliciosos em seus galhos.

Lembro-me daquele pomar que atravessei com os discípulos. As macieiras se entortavam de frutas; fartamo-nos daquelas maçãs, as melhores que já havíamos provado, crocantes, perfumadas, suculentas. Paramos quando não podíamos mais comer, com a barriga prestes a explodir, e rolamos pelo chão rindo de nossa gulodice.

— Todas essas maçãs que não poderemos comer e que ninguém poderá comer! — disse João. — Que tristeza!

— Quem está triste? — perguntei.

— As árvores.

— Achas? As macieiras estão contentes de carregar suas maçãs, mesmo se ninguém as comer.

— Como é que sabes?

— Torna-te a macieira.

João silenciou brevemente e, em seguida, disse:

— Tens razão.

— Somos nós que nos sentimos tristes com a ideia de não poder comer tudo.

Gargalhada geral.

Fui um homem melhor com a macieira do que com a figueira. Por quê? Porque havia saciado minha gula. Somos melhores quando sentimos prazer, simples assim.

Sozinho em minha cela, tive a impressão de ser a figueira que amaldiçoei. Isso me deixou triste, então, fiz como todo mundo: tentei seguir em frente. O problema desse método é que ele não funciona muito bem. Macieira, figueira – perguntei-me em qual árvore Judas teria se enforcado. Disseram-me que o galho havia quebrado. A árvore não devia ser sólida, porque Judas não era pesado.

Sempre soube que Judas me trairia. Segundo a natureza de minha presciência, não sabia como ele o faria.

Meu encontro com ele foi particularmente intenso. Eu estava em um buraco perdido onde não compreendia ninguém. À medida que eu falava, sentia aumentar a hostilidade, a tal ponto que me via com os olhos dos outros e partilhava sua consternação com aquele fantoche vindo pregar o amor.

Na multidão, havia um garoto magro e sombrio que exalava o mal-estar por todos os poros. Ele me interpelava nestes termos:

— Tu, que dizes amar o próximo, amas-me?

— É claro.

— Isso não faz nenhum sentido. Ninguém me ama. Por que tu me amarias?

— Não é preciso uma razão para te amar.

— Claro. Até parece.

As pessoas explodiram num riso de conivência. Ele parecia emocionado: era visivelmente a primeira vez que suscitava aprovação na sua região.

Então me foi revelado o que aconteceria: esse homem me trairia, e meu coração ficou apertado.

O público se dispersou. Ele era o único diante de mim.

— Queres te juntar a nós? — perguntei-lhe.

— Nós quem?

Mostrei meus discípulos sentados sobre as pedras, um pouco atrás.

— São meus amigos — disse.

— E eu, quem sou?

— És meu amigo.

— Como é que sabes?

Entendi que responder não serviria de nada. Havia alguma coisa errada com ele.

Imagino que todo mundo tenha um amigo desse tipo: alguém que os outros não entendem como possa ser nosso amigo. Os discípulos se integraram entre si logo de início. Com Judas, não era tão simples.

Ele fez de tudo para isso. Toda vez que se sentia apreciado, dizia o que precisava para ser rejeitado:

— Deixai-me em paz, não tenho nada a ver convosco!

Seguia-se um interminável palavreado onde fulgurava sua má vontade.

— Em que és diferente de nós, Judas?

— Não nasci com a bunda virada para a lua.

— Como a maioria de nós.

— Dá para ver que não sou como vós, não dá?

— Queres dizer o quê com isso: ser como nós? Simão e João, por exemplo, não têm nada em comum.

— Sim, eles ficam babando para Jesus.

— Eles não ficam babando para Jesus: eles o amam e o admiram, como nós.

— Eu não. Gosto dele, mas não o admiro.

— Então por que o segues?

— Porque ele me pediu.

— Não eras obrigado.

— Cruzei com vários outros profetas que valem o mesmo.

— Ele não é um profeta.

— Profeta, messias, é tudo a mesma coisa.

— Não é. Ele traz o amor.

— O que é esse amor dele?

Com Judas, era preciso recomeçar tudo do zero. Desmotivava qualquer um, ele me desmotivou mais de uma vez. Amá-lo adquiria um aspecto de desafio, e eu só o amava ainda mais. Não que eu prefira o amor difícil, ao contrário, mas porque, com ele, esse acréscimo era indispensável.

Se eu conhecesse apenas os outros discípulos, teria provavelmente esquecido que havia vindo para pessoas como Judas: os garotos-problemas, os criadores de caso, aqueles que Simão chama de pentelhos.

"O que é esse amor dele?" Boa pergunta. Todos os dias e todas as noites, é preciso buscar em si esse amor. Quando o encontramos, sua evidência é tão potente que não entendemos como foi tão difícil chegar até ele. E ainda é preciso permanecer em sua corrente contínua. O amor é energia e, portanto, movimento; nada nele fica estagnado, trata-se de nos jogarmos em seu derramamento sem perguntar como vamos nos segurar, pois ele não é sujeito à prova da probabilidade.

Quando estamos nele, nós o vemos. Não é uma metáfora: quantas vezes pude distinguir o facho de luz que une dois seres que se amam? Quando direcionada a nós, essa luz se torna menos visível e mais sensível, percebemos os raios que entram na pele – não há nada melhor que se possa experimentar.

Tomé só acredita naquilo que vê. Judas não acreditava nem mesmo no que via. Ele dizia: "Não quero ser enganado por meus sentidos". Quando um lugar-comum é proferido pela primeira vez, ele produz seu pequeno efeito.

Judas é um dos personagens que mais suscitará glosas na História. Como se surpreender com isso, visto o papel que ele desempenhou? Afirmarão que ele era o protótipo do traidor. Essa hipótese terá vida longa. A atração suscitada por essa condenação levará, evidentemente, ao seu contrário. A partir de uma idêntica pobreza de informações, Judas será declarado o discípulo mais amável, mais puro, mais inocente. Os julgamentos dos homens são tão previsíveis que eu os admiro por se levarem tão a sério.

Judas era um tipo estranho. Tudo nele resistia a qualquer forma de análise. Ele era muito pouco encarnado. Para ser mais preciso, só percebia as sensações negativas. Dizia: "Estou com dor nas costas" com ar de quem descobria um teorema.

Se eu lhe dizia:

— Que agradável essa brisa primaveril.

Ele retorquia:

— Qualquer um pode dizer isso.

— É verdade, e isso é ainda mais delicioso — eu insistia.

Ele dava de ombros, como quem não perde seu tempo respondendo a um tolo.

No início, todos os discípulos tiveram problemas com ele. Como eram gentis, tentavam reconfortá-lo. Isso tornava Judas muito agressivo. Pouco a pouco, eles entenderam que era melhor não falar muito com ele. Também não era o caso de ignorá-lo, pois sua sensibilidade ficava ainda mais intimidada com o silêncio que com as palavras.

Judas era um problema permanente, primeiro para ele mesmo. Quando não havia nenhuma razão para se irritar, ele se irritava. Quando havia apenas motivos para uma contrariedade, ele se enfurecia. Consequentemente, era melhor se aproximar dele na adversidade; era mais do seu tom. Antes de conhecê-lo, eu ignorava a existência de uma espécie perpetuamente ofuscada. Não sei se ele foi o primeiro, mas sei que não foi o último.

Nós o amávamos. Ele se dava conta disso e se esforçava para nos desiludir.

— Não sou um anjo, tenho um caráter detestável.

— Nós percebemos — respondia um de nós, sorrindo.

— Como? E tu lá podes falar alguma coisa?

Quando ele não instruía seu processo imaginário, ele se empenhava em desmalhar nossa afeição.

Ele tinha horror à mentira. Ao evocar o assunto, eu havia percebido que ele não a identificava. Por exemplo, não conseguia diferenciar uma mentira de um segredo.

— Deixar de divulgar uma informação verdadeira não é mentir — eu lhe disse.

— Uma vez que não se diz a verdade completa, mente-se — respondeu ele.

Ele não abria mão. Como eu fracassava com a teoria, tentava a casuística.

— Uma nova lei declara que vão condenar os corcundas à morte. Teu vizinho é afligido por uma corcunda, e as autoridades lhe perguntam se você conhece um corcunda. Dizes não, é claro. Não é uma mentira.

— É sim.

— Não, é um segredo.

Se Judas houvesse habitado mais seu corpo, possuiria aquilo que lhe faltava: a sutileza. O que o espírito não compreende, o corpo capta.

*   *   *

Tenho poucas lembranças anteriores à encarnação. As coisas literalmente me fugiam: o que reter daquilo que não sentimos? Não há maior arte do que a de viver. Os melhores artistas são aqueles cujos sentidos possuem mais delicadeza. É inútil deixar um rastro em qualquer outro lugar além de sua própria pele.

Por menos que o escutemos, o corpo é sempre inteligente. Em um futuro que não situo, mediremos o quociente intelectual dos indivíduos. Isso de pouco servirá. Felizmente, não haverá outra forma, além da intuição, para avaliar o grau de encarnação de um ser: seu mais alto valor.

O que vai semear a discórdia nessa questão é o caso das pessoas capazes de deixar seus corpos. Se soubessem o quanto isso é fácil, não admirariam tanto essa proeza, no melhor dos casos, inútil, no pior, perigosa.

Se um nobre espírito sai do corpo, isso será inofensivo. Sem dúvidas, pode-se encontrar encanto em uma viagem pelo único motivo de ainda não a ter feito. Igualmente, percorrer sua própria rua no sentido inverso do que se faz no cotidiano é divertido. Ponto final. O problema é que essa experiência será imitada pelos espíritos medianos. Meu pai deveria ter blindado melhor a encarnação. Entendo, é claro, sua preocupação com a liberdade humana. Mas os resultados do divórcio entre os espíritos fracos e seus corpos serão desastrosos para eles e para os outros.

Um ser encarnado nunca comete uma ação abominável. Se mata, é para se defender. Ele não se enfurece sem um motivo justo. O mal sempre encontra sua origem no espírito. Sem a barreira do corpo, as perturbações espirituais podem começar.

Ao mesmo tempo, entendo. Também tenho medo de sofrer. Procuramos nos desencarnar para nos garantir uma saída de emergência. Amanhã, não a terei.

A noite em que escrevo não existe. Os Evangelhos são formais. Minha última noite de liberdade acontece no Jardim das Oliveiras. No dia seguinte, sou condenado, e a sentença é imediata. Vejo, aliás, uma forma de humanidade nisso: deixar alguém esperando é multiplicar o suplício.

E, no entanto, há essa dimensão inexplorada que, tenho a impressão, não estou inventando: um tempo de outra ordem que inseri entre a morte e eu. Sou como todo mundo, tenho medo de morrer. Não penso que terei um pacote de benefícios.

Escolhi isso? Parece que sim. Como pude escolher ser eu? Pela razão que preside a imensa maioria das escolhas: por inconsciência. Se nos déssemos conta, escolheríamos não viver.

Não impede que minha escolha seja a pior. É preciso, para isso, que minha inconsciência tenha sido a maior de todas. Felizmente, no amor, as coisas não se passam assim. É assim que sabemos que estamos apaixonados: naquilo que não escolhemos. Os seres que têm egos grandes demais não se apaixonam, porque não suportam não escolher. Eles se enamoram de uma pessoa que escolheram: não é amor.

Nesse momento inconcebível no qual escolhi meu destino, não sabia que este implicaria em me apaixonar por Maria Madalena. Aliás, vou chamá-la de Madalena: não sou fanático por nomes compostos e acho cansativo chamá-la de Maria de Magdala. Quanto a chamá-la simplesmente de Maria, excluo essa opção. Confundir a amada com a mãe não é muito recomendável.

Não há causalidade amorosa, já que não escolhemos. Os motivos nós inventamos depois, por prazer.

Apaixonei-me por Madalena assim que a vi. Poderiam argumentar: se o sentido da visão é aquele que desempenhou esse papel, poderíamos considerar, como uma razão, a extrema beleza de Madalena. O fato é que ela estava calada e que, então, a vi antes de ouvi-la. A voz de Madalena é ainda mais bonita que sua aparência: se a tivesse conhecido pela audição, o resultado teria sido idêntico. Se continuasse esse raciocínio com os três sentidos restantes, chegaria a discursos impudicos.

Não há nada de surpreendente em ter me apaixonado por Madalena. Por outro lado, ela ter se apaixonado por mim é extraordinário. É o que aconteceu, entretanto, no segundo em que me viu.

Contamos essa história um ao outro mil vezes, mesmo sabendo que não tínhamos percebido essa ficção. Fizemos bem: isso nos trouxe um prazer infinito.

— Quando vi teu rosto, fiquei embasbacado. Não sabia que era possível tanta beleza. E, depois, olhaste para mim e ficou ainda pior: não sabia que era possível olhar daquela forma. Quando olhas para mim, tenho dificuldade de respirar. Olhas para todo mundo dessa maneira?

— Acho que não. Não sou conhecida por isso. É o roto falando do rasgado. Teu olhar é célebre, Jesus. As pessoas se deslocam para serem olhadas por ti.

— Não olho para ninguém como olho para ti.

— Assim espero.

O amor concentra a certeza e a dúvida: estamos seguros de ser amados tanto quanto duvidamos disso, não uma coisa de cada vez, mas em uma simultaneidade desconcertante. Buscar se livrar desse aspecto dubitativo fazendo mil perguntas à amada é negar a natureza radicalmente ambígua do amor.

Madalena havia conhecido muitos homens, e eu não havia conhecido nenhuma mulher. No entanto, nossa ausência de experiência nos deixava em pé de igualdade. Diante daquilo que nos acontecia, tínhamos a ignorância dos recém-nascidos. Toda arte consiste em aceitar esse estado convulsivo com entusiasmo. Ouso dizer que sou excelente nisso e Madalena também. Seu caso é mais admirável: os homens a haviam acostumado ao pior, sem que ela se tornasse desconfiada. Ela tem mérito.

Que saudades dela! Convoco-a em pensamento, mas isso em nada a substitui. Talvez fosse mais digno recusar que ela me veja assim. Mesmo assim, eu daria tudo para revê-la e tê-la em meus braços.

Dizem que o amor cega. Constatei o contrário: o amor universal é um ato de generosidade que pressupõe uma lucidez dolorosa. Quanto ao estado amoroso, ele abre os olhos para os esplendores invisíveis a olho nu.

A beleza de Madalena era um fenômeno conhecido. No entanto, ninguém soube, tanto quanto eu, até que ponto ela é bela. É preciso coragem para portar uma beleza dessa envergadura.

Com frequência, eu lhe fazia esta pergunta que nada tinha de retórica:

— Que efeito tem ser tão bonita assim?

Ela respondia com evasivas:

— Depende de com quem.

Ou:

— Não é nada ruim.

Ou ainda:

— És tão gentil.

A última vez, insisti:

— Eu não o pergunto por galanteria. Isso me interessa de verdade.

Ela suspirou:

— Antes de te conhecer, nas raras vezes em que tinha consciência disso, ficava paralisada. Desde que olhas para mim, tornei-me capaz de me alegrar com isso.

Entre as coisas que não lhe disse, pelo fato de que se prestavam à confusão, há isto: de todas as alegrias que vivi com ela, nenhuma se igualou à contemplação de sua beleza.

— Para de me olhar assim — dizia ela, às vezes.

— És meu copo d'água.

Nenhum gozo se aproxima daquele que um copo d'água fornece quando estamos morrendo de sede.

O único evangelista que manifestou um talento de escritor digno desse nome é João. É também por essa razão que sua palavra é a menos confiável. "Aquele que bebe desta água nunca mais terá sede": eu nunca disse isso, teria sido um contrassenso.

Não é por acaso que escolhi esta região do mundo: não bastava que ela fosse politicamente despedaçada. Era-me necessária uma terra de grande sede. A única sensação que evoca exatamente o que quero inspirar é a sede.

Talvez seja por isso que ninguém a tenha sentido tanto quanto eu.

Na verdade, digo-vos: cultivai o que sentis quando estais morrendo de sede. Eis o impulso místico. Não é uma metáfora. Quando a fome cessa, isso se chama saciedade. Quando cessa o cansaço, isso se chama repouso. Quando se cessa de sofrer, isso se chama reconforto. Cessar de ter sede não tem nome.

A língua, em sua sabedoria, compreendeu que não era preciso criar um antônimo para a sede. Podemos estancar a sede e, no entanto, a palavra estancamento não tem esse significado.

Há pessoas que não se acham místicas. Elas se enganam. Basta ter ficado morrendo de sede por um momento para acessar este estado. E o instante inefável no qual o sedento leva aos lábios um copo d'água é Deus.

É um instante de amor absoluto e de maravilhamento sem limites. Aquele que o vive é, necessariamente, puro e nobre enquanto esse momento durar. Vim ensinar esse impulso, nada mais. Minha palavra é de uma simplicidade tamanha que é desconcertante.

É tão simples que está fadada ao fracasso. O excesso de simplicidade obstrui o entendimento. É preciso conhecer o transe místico para se ter acesso ao esplendor do que o espírito humano, em um tempo normal, considera indigência. A boa notícia é que a sede extrema é um transe místico ideal.

Aconselho prolongá-la. Que o sedento retarde o momento de beber. Não indefinidamente, claro. Não se trata de pôr a saúde em risco. Não peço para que meditais sobre vossa sede, e sim que a sintais a fundo, corpo e alma, antes de estancá-la.

Tentai esta experiência: depois de terdes ficado por um bom tempo morrendo de sede, não bebais um copo d'água de uma só vez. Dai apenas um gole, guardai-o na boca por alguns segundos antes de engoli-lo. Medi esse maravilhamento. Esse deslumbramento é Deus.

Não é a metáfora de Deus, repito. O amor que se sente, nesse instante preciso do gole d'água, é Deus. Sou aquele que consegue sentir esse amor por tudo o que existe. Ser o Cristo é isso.

Até aqui, não foi fácil. Amanhã, será monstruosamente difícil. Então, para conseguir enfrentar isso, tomo uma decisão que vai me ajudar: não beberei a água do jarro que o carcereiro deixou em minha cela.

Isso me entristece. Adoraria conhecer uma última vez a melhor das sensações, a que mais gosto. Renuncio a ela com uma intenção precisa. É uma imprudência: a desidratação vai me incapacitar quando for o momento de levar a cruz. Mas me conheço a ponto de saber que a sede me protegerá. Ela pode tomar uma amplitude tamanha que fará com que os outros sofrimentos se atenuem.

Preciso tentar dormir. Deito-me sobre o chão da cadeia, que é mais sujo que a terra. Aprendi a ter indiferença ao fedor. Basta pensar que nada cheira mal de propósito – não sei se é verdade, mas, ao menos, esse raciocínio permite aceitar os piores bafios.

Abandonar o peso à posição deitada sempre me deixou perplexo. Por mais leve que eu seja, que alívio! A encarnação pressupõe arrastar essa bagagem de carne consigo. Na minha época, apreciam-se os rechonchudos. Renunciei a esse cânone, sou magro: não se pode dizer que veio pelos pobres e ter uma corpulência. Madalena me acha bonito e é a única. Minha própria mãe geme quando me vê: "Come! Tu me dás pena!".

Como o mínimo. Carregar mais do que meus cinquenta e cinco quilos me deixaria sem fôlego. Percebi que muitos indivíduos se recusam a me escutar por causa da minha magreza. Em seus olhos, leio: *Como atribuir a mínima sabedoria a esse varapau?*

Foi também por isso que escolhi Pedro como comendador: menos inspirado que João, menos fiel que qualquer um, ele tem a qualidade de ser um colosso. Quando é ele quem fala, as pessoas ficam impressionadas. O cúmulo é que isso também seja válido para mim. Sei, no entanto, que ele vai me renegar, mas ele me inspira muita confiança. Não só porque é alto e robusto. Adoro vê-lo comer. Ele não belisca; empunha os alimentos e os devora sem fazer careta, com o rude gozo dos corajosos. Ele bebe da própria jarra, esvaziando-a de uma só vez; arrota e limpa a boca com o dorso de sua poderosa mão. Não faz nenhuma pose, não percebeu que os outros comem de maneira diferente. Não há como não amá-lo.

Já João, come como eu. Não sei se sua parcimônia visa a imitar a minha. O fato é que isso distancia a afeição. Que estranha espécie é a nossa! Nada do que é humano me é estranho. À mesa, preciso me segurar para não dizer a João: "Vá, come, estás nos aborrecendo com tuas maneiras!". É ainda mais absurdo que esses modos também me pertençam.

Para que eu possa amar João, preciso sair da mesa. Quando anda ao meu lado e me escuta, amo-o. Asseguraram-me de que escuto bem. Não sei que efeito tem ser escutado por mim. Sei que a escuta de João é amor e me desconcerta.

Quando falo com Pedro, ele arregala os olhos e me escuta por um minuto. Em seguida, vejo sua atenção diminuir. Não é culpa sua, ele nem percebe; seu olhar se move à procura de um lugar onde pousar. Assim que dirijo a palavra a João, ele baixa levemente as pálpebras, como se soubesse que minhas confidências o emocionariam a ponto de atormentá-lo. Quando acabo de falar, ele fica em silêncio por um tempo e depois levanta seus olhos brilhantes para mim.

Madalena também me escuta nesse nível. Ela me deslumbra menos, por um motivo injusto: na minha época, ensinam as mulheres a escutar dessa maneira. Mesmo assim, raras são aquelas que escutam tão bem. Como eu adoraria passar esta última noite com ela! Ela dizia: "Durmamos deste amor louco". Em seguida, ela se encolhia em forma de concha contra mim e adormecia imediatamente. Nunca tive um bom sono, então, era como se ela dormisse por nós dois.

Graças a ela, soube que dormir era um ato de amor. Quando dormíamos assim, nossas almas se mesclavam ainda mais do que quando fazíamos amor. Era uma longa ausência que nos levava juntos. Quando eu enfim adormecia, tinha a estranha sensação de um naufrágio.

A ilusão se confirmava ao acordar. Tinha perdido minhas referências a tal ponto que nosso leito era forçosamente a margem onde tínhamos encalhado e onde nos encontrávamos estupefatos por estarmos vivos. Que gratidão acordar na praia, ao lado da amada!

A impressão de sermos sobreviventes era tão forte que o dia nascente era obrigado a trazer muitas alegrias. O primeiro abraço, a primeira palavra de amor, o primeiro gole.

Se havia um rio nas cercanias, Madalena me convidava para um mergulho. "Não há nada melhor para começar o dia", dizia ela. Efetivamente, não havia nada melhor para lavar os miasmas de uma noite demasiado boa.

— Aproveita para matar a sede — acrescentava ela —, porque não terei nada melhor para te oferecer.

Nunca tivemos o que comer em um desjejum matinal. A ideia de comer ao saltar da cama sempre me deu náuseas, acho difícil acreditar que isso se torne um costume. Mas alguns goles d'água vinham a calhar para refrescar o hálito.

Esses pensamentos deliciosos não têm nenhum poder hipnagógico. Se quero mesmo adormecer, preciso me esforçar para sentir tédio. É preciso ter uma vontade ferrenha para se entediar de propósito. É uma pena, talvez pela iminência da morte, nada me parece tedioso; até mesmo os discursos dos Fariseus, que me deixavam completamente distraído, agora me parecem cômicos. Tento me lembrar dos esforços de José ao tentar me ensinar a arte da madeira. Como eu era mau aluno! E o ar desconcertado de José, que nunca se irritava!

Cristo significa amável. Quis a ironia que meus pais humanos fossem mil vezes mais amáveis que eu. Eles se encontraram: seres de tamanha bondade, é desencorajante. Vejo claramente os corações, sei quando alguém é bom por esforço, o que foi, aliás, uma atitude que tive com frequência. José era bom por natureza. Eu estava ao lado dele quando morreu; ele nem mesmo amaldiçoou o estúpido acidente que lhe custou a vida, apenas sorriu e disse:

— Toma cuidado para que isso não aconteça também contigo.

E se apagou.

Não, José, não morrerei caindo de um telhado.

Mamãe chegou tarde demais.

— Ele não sofreu — eu disse.

Ela fez um gesto terno para acariciar seu rosto. Meus pais não eram apaixonados um pelo outro, mas se amavam muito.

Minha mãe também é muito melhor que eu. O mal lhe é tão estranho a ponto de não o reconhecer quando cruza com ele. Invejo essa ignorância. O mal não me é estranho. Para que eu pudesse identificá-lo nos outros, era indispensável que eu o tivesse em mim.

Não o deploro. Se não houvesse em mim esse traço sombrio, nunca poderia ter me apaixonado. O estado amoroso não espreita os seres estranhos ao mal. Não que haja algo de mau nesse estado, mas é preciso, para conhecê-lo, encerrar os abismos que permitirão a aparição de tão profunda vertigem.

Isso não significa que eu seja um homem mau, nem que Madalena seja uma mulher má. O traço sombrio era, em nós, um repouso. Mais em Madalena que em mim, é claro. Não seria ela a perder a cabeça diante dos mercadores do Templo. Mesmo que a causa tenha sido justa, que lembrança horrorosa daquela cólera! A sensação de um veneno que se espalhava pelo meu sangue e que me ordenava a expulsar aquelas pessoas gritando: detestei aquilo.

Felizmente, neste momento, não sinto nada comparável. Mesmo durante o julgamento, quando assisti àqueles depoimentos repugnantes, a cólera não acordou. A indignação é um fogo diferente, que não causa esse sofrimento abominável. Se consegui calar meu desprezo, é porque, contrariamente à cólera, este não é de natureza explosiva.

Jesus, não é assim que vais conseguir dormir. Não tens nenhuma força de vontade!

* * *

Desperto.

Então me foi dado o sono. É uma graça. Agradeço a Deus, pensando, ao mesmo tempo, que é o cúmulo lhe agradecer em um dia como este. O fato está aí: dormi.

Em minhas veias, sinto correr a doçura do repouso. Bastam alguns minutos de sono para sentir essa volúpia. Saboreio-a com a certeza de que é a última vez.

Não despertarei mais.

Um poeta, cujo nome não sei, dirá, no futuro: "Todo o prazer dos dias está nas manhãs". Também sou dessa opinião. Adoro a manhã. Há uma força inexorável nessa hora do dia. Mesmo se, na véspera, tenha acontecido o pior, há uma pureza matinal.

Sinto-me limpo. Mas não estou. Minha alma está limpa esta manhã. O desprezo que senti ontem não existe mais. Não gostaria de me regozijar rápido demais e, no entanto, tenho a brusca convicção de que morrerei sem ódio. Espero não me enganar.

Um derradeiro xixi no canto da cela, deito-me e acontece um milagre: chove.

Essa chuva não é comum nesta estação. Pego-me esperando que ela dure. Precisariam cancelar o espetáculo: uma crucificação sob a chuva estaria fadada ao fracasso, o público desertaria. Os romanos têm necessidade de que seus suplícios atraiam multidões, senão, têm a impressão de uma desaprovação. Para eles, o povo vive de diversão e não se importa com conchavos. O mau tempo ignora as circunstâncias, mas Roma tem ouvidos que escutam de longe: crucificar três homens sem que a plebe venha em massa será considerado um vexame.

Sempre gostei de estar abrigado enquanto a chuva se intensifica. É uma sensação maravilhosa. Associamo-la, um pouco tolamente, à serenidade. Na verdade, é uma situação de prazer. O barulho da chuva exige um teto como caixa de ressonância: estar sob esse teto é estar no melhor lugar para apreciar o concerto. Partitura deliciosa, sutilmente mutante, rapsódica sem fanfarronice, toda chuva tem algo de bendição.

Ela vira um dilúvio. Imagino outro destino. As autoridades fogem da enchente. Libertam-me. Retorno às minhas províncias, caso-me com Madalena, levamos a vida simples das pessoas comuns. Carpinteiro medíocre demais, torno-me pastor. Preparamos queijo com o leite das ovelhas. Toda noite, nossos filhos se deliciam com ele e crescem como plantas. Envelhecemos felizes.

Estou tentado? Sim. Quando era mais jovem, deleitava-me em ser o eleito. Agora, não tenho mais essa fome, ela foi saciada. Preferiria me juntar à doçura do anonimato, àquilo que nomeamos, erroneamente, banalidade. Não há nada mais extraordinário, porém, do que a vida comum. Adoro o cotidiano. Sua repetição permite aprofundar os deslumbramentos do dia e da noite: comer o pão saindo do forno, caminhar com os pés nus sobre a terra ainda impregnada de orvalho, respirar a plenos pulmões, deitar-se ao lado da mulher amada – como se pode querer outra coisa?

Também essa vida termina com a morte. Suponho, no entanto, que morrer é muito diferente quando é obra da idade: extinguir-se ao lado dos seus deve se parecer com um adormecimento. Se eu pudesse escapar da violência anunciada, não pediria mais nada.

A chuva para. A requintada hipótese se encerra.

Tudo vai acontecer.

"Aceita", sussurra-me, no interior de minha cabeça, uma voz benevolente.

Um sábio da Ásia sugere que a esperança e o medo são os dois lados de um mesmo sentimento e que, por esse motivo, é preciso renunciar a ambos. Isso faz sentido: senti esperança em vão, e agora meu terror aumentou. No entanto, a palavra pela qual morrerei não condenará a esperança. Talvez seja uma quimera, mas o amor que me banha contém uma esperança sem a contrapartida do medo.

Isso não impede que seja necessário suportar esse sofrimento infinito. "Aceita." Tenho escolha? Aceito, para sentir menos dor.

Enfim eles vêm me buscar.

Suspiro, reconfortado. O pior já passou. Não estou mais à espera do suplício.

Caio na real muito rápido. Eis que começam as fanfarronices. Põem-me uma coroa de espinhos e a enterram para que meu crânio sangre. É uma pena que o ridículo não mate.

Flagelam-me publicamente. Não sei para que serve essa cena. Poderia jurar que é um aperitivo. Antes do prato principal da crucificação, nada como uma sessão de flagelação para despertar o apetite. Cada chicotada me enrijece de dor. A voz gentil dentro da minha cabeça me repete que devo aceitar. Uma voz esganiçada ressoa, por trás dela: "Ainda não terminamos de nos divertir". Sufoco um riso nervoso que seria interpretado como insolência. Pena que não tenha direito de ser impertinente, isso me divertiria.

Proíbo-me de pensar que o chicote me despedaça de sofrimento: o que acontecerá, a seguir, será doloroso de outra forma. E pensar que existem outras tantas formas de sofrer!

Há espectadores, mas não muitos. É só para os *happy few* – escolhidos a dedo, como esses *connaisseurs* apreciam. Eles parecem achar que a distribuição é de qualidade: o carrasco chicoteia bem, a vítima tem pudor, é uma atuação do mais fino gosto. Obrigado, Pilatos, tuas recepções continuam a merecer a reputação que têm. Se nos dás licença, não assistiremos à continuação dos regozijos, que promete ser mais vulgar.

Um sol escaldante me espera lá fora. Flagelaram-me por tanto tempo assim? Não é mais de manhã. Meus olhos levam vários minutos para se acostumar com um brilho tão forte. De repente, vejo a multidão. Por ora, é uma aglomeração. São tantas pessoas que mal pode-se distinguir umas das outras. Todas têm um único olhar, o da avidez. Não querem perder um só instante do espetáculo.

A chuva não deixou no ar o menor rastro de frescor. Por outro lado, o solo conserva sua lembrança, está lamacento na medida do possível. Avisto a cruz contra o muro. Avalio mentalmente seu peso. Sou capaz de carregá-la? Conseguirei fazê-lo?

Questões absurdas, não tenho escolha. Que eu seja capaz ou não, será necessário.

Encarregam-me da cruz. É tão pesada que eu poderia despencar. Abatimento. Não há escapatória. Como vou aguentar?

Andar o mais rápido possível, é a única solução. Tu dizes: "Minhas pernas vacilam sob mim". Cada passo me custa um esforço impensável. Calculo a distância até o Gólgota. Impossível. Morrerei bem antes. É quase uma boa notícia, não serei crucificado.

E, no entanto, sei que o serei. Realmente será necessário aguentar. Então, não penses, de nada servirá, avança. Se pelo menos eu não afundasse nessa lama, que dobra o peso da cruz!

Para piorar, as pessoas se aproximam enquanto passo. Ouço comentários formidáveis:

— Então, continuarás bancando o espertinho agora?

— Se és mágico, por que não sais dessa?

O lado bom é que não preciso me esforçar para evitar desprezá-los. Nem penso nisso. A punição requer a totalidade da minha energia.

Não cair. É proibido. E ainda, se cair, será preciso levantar-te. Será pior. Sim, pode ficar pior. Não caias, suplico.

Sinto que vou cair. É uma questão de segundos. Não posso fazer nada, há um limite, e estou chegando nele. Pronto, caio. A cruz me aterra, enfio o nariz na lama. Ao menos tenho alguns instantes de libertação. Saboreio esta estranha liberdade, experimento o prazer da minha fraqueza. É claro que uma chuva de golpes logo se abate sobre mim, quase não a sinto, de tanta dor que tenho, em tudo.

Vamos lá, levanto de novo esse peso monstruoso. Eis-me de pé, titubeante, sabendo agora o que custa. Mateus 11:30: "Porque meu jugo é suave e meu peso é leve". Não para mim, amigos. A boa palavra não se dirige a mim. Eu sabia, é claro. Vivê-lo é diferente. Todo o meu ser protesta. O que me permite continuar é essa voz que identifico como sendo a da casca e que murmura permanentemente: "Aceita".

Acreditava ter chegado ao fundo, e eis que mamãe aparece. Não. Não olhes para mim, por favor. Ai, vejo que vês e compreendes. Tens os olhos arregalados de horror. Está além da piedade, vives o que eu vivo, e ainda pior, porque é sempre pior quando se é seu filho. É contra a natureza morrer antes da mãe. Se ainda por cima ela assiste ao suplício, é o cúmulo da crueldade.

Não é um último momento belo, é o pior momento. Não tenho forças para pedir-lhe que parta, e caso as tivesse, ela não me escutaria. Mamãe, te amo, não olhes teu filho sofrer como um cão, ignora aquilo que estou enfrentando. Se somente pudesses desmaiar, mamãe!

Meu pai, que nunca atende aos meus pedidos, tem maneiras estranhas de manifestar, como dizer, não sua solidariedade, tampouco sua compaixão, não vejo outra palavra para descrever isso além desta: sua existência. Os romanos começam a entender que não chegarei vivo ao Gólgota. Seria para eles um fracasso doloroso: de que serve crucificar um morto? Então, buscam um sujeito que está voltando do campo, um fanfarrão que por acaso passa por ali.

— És requisitado. Ajuda este condenado a carregar seu fardo.

Mesmo que tenha recebido uma ordem, este homem é um milagre. Ele não se questiona; vê um desconhecido que titubeia sob um peso opressivo demais para ele, não hesita um segundo e me ajuda.

Ele me ajuda!

Isso nunca me aconteceu antes na vida. Não sabia como era. Alguém me ajuda. Pouco importa o que o motiva.

Poderia chorar por isso. Entre os da espécie abjeta que zomba de mim e pela qual me sacrifico, há este homem que não veio se regalar com o espetáculo e que – isso se sente – me ajuda de todo coração.

Se ele tivesse se precipitado na rua por acaso e me visto titubear sob a cruz, ele teria tido a mesma reação, penso eu: sem refletir um segundo, teria vindo me socorrer. Há pessoas assim. Elas ignoram a própria raridade. Se perguntassem a Simão de Cirene por que se comporta assim, ele não entenderia a questão: não sabe que é possível agir de outra forma.

Meu pai criou uma espécie curiosa: ou são uns canalhas cheios de opiniões ou são almas generosas que não pensam. No estado em que estou, também não penso mais. Descubro que tenho um amigo na pessoa de Simão: sempre gostei dos robustos. Nunca são eles que dão problema. Tenho a impressão de que a cruz não pesa mais nada.

— Deixa-me levar minha parte — digo-lhe.

— Sinceramente, é mais fácil se me deixares fazê-lo — responde ele.

Eu quero deixar. Para os romanos, não está bom assim. Simão, um sujeito corajoso, tenta lhes explicar seu ponto de vista:

— Essa cruz não é pesada. O condenado me atrapalha mais do que ajuda.

— O condenado deve carregar seu fardo — grita um soldado.

— Não entendo. Quereis que o ajude ou não?

— Enfastia-nos. Sai daí!

Embaraçado, Simão olha para mim como se tivesse cometido uma gafe. Sorrio para ele. Era bom demais para ser verdade.

— Obrigado — digo-lhe.

— Obrigado a ti — diz ele, bizarramente.

Ele parece desorientado.

Não tenho mais tempo para saudá-lo. É preciso continuar a avançar arrastando este peso morto. Constato o que era imprevisível: a cruz pesa menos. Ela permanece terrível, mas o episódio de Simão mudou o jogo. É como se meu amigo tivesse levado consigo a parte mais inumana do meu fardo.

Esse milagre, porque é isso que é, não se deve em nada a mim. Encontrai alguma magia mais extraordinária nas Escrituras. Procurareis em vão.

Faz um calor horroroso. Minhas sobrancelhas não bastam, o suor da minha testa corre para dentro dos meus olhos, não vejo mais para onde estou indo. Os romanos me guiam com chicotadas, é tão brutal quanto ineficaz. Não sabia que era possível transpirar tanto. Como é possível haver em mim tanta água e tanto sal?

Eis que um pano me liberta: um tecido que parece delicado e delicioso se encontra com meu rosto em uma carícia sedosa. Quem seria capaz de tal gesto? Alguém tão bondoso quanto Simão de Cirene, mas aquele grandalhão não conseguiria secar minha face com tanta delicadeza.

Gostaria que isso não acabasse e, ao mesmo tempo, gostaria de olhar para meu benfeitor. O pano é retirado, e me encontro diante da mais bonita mulher da Terra. Ela parece tão surpresa quanto eu.

O instante congela, não há mais tempo, não sei mais quem sou nem o que vim fazer, para mim tanto faz, não tenho mais passado nem futuro, o mundo é perfeito, que nada mais se mexa, estamos na iminência do inefável. É isso o amor à primeira vista, vai acontecer algo gigantesco, falta uma música erudita ao nosso desejo, mas desta vez vamos enfim ouvi-la.

— Chamo-me Verônica — diz ela.

É inacreditável como a voz de uma desconhecida pode ser bela.

As chicotadas me chamam de volta à realidade. A cruz me esmaga novamente, arrasto-me, o inferno recomeça.

Isso não impede, desde que começou o suplício, que o destino se abata sobre mim, o pior e o melhor; encontrei a amizade e encontrei o amor, é o suficiente para desmoronar. Verônica – quem será ela? –, a música de sua voz ainda ressoa em meus ouvidos, e descubro que uma melodia pode aliviar o universo e que um rosto cheio de frescor pode dar força para carregar o instrumento da sua própria tortura.

Neste planeta, há Simão de Cirene e Verônica. Duas coragens de uma grandiosidade sem igual.

Adentro o mundano. Luto. Com quais energias vou conseguir evitar uma nova derrocada? Uma parte do meu cérebro calcula o momento do acidente. Meus olhos veem o lugar onde vai acontecer. Negocio comigo mesmo: *Só mais um passo... só mais meio passo...*

A queda é um repouso ilusório. Isso não impede que eu saboreie cair uma segunda vez. Como é bom se abandonar e se submeter à lei do peso! Uma chuva de chibatadas logo se abate sobre mim, a doce sensação durou apenas um segundo, mas, no estado em que estou, os segundos contam.

Parece que carrego e arrasto esta cruz há horas. Certamente, é inexato. Tenho dificuldade de me lembrar da minha vida anterior. Desde que comecei a subir o calvário, fiquei deslumbrado com um homem e depois com uma mulher. Disseram, várias vezes, que eu preferia as mulheres. Preferir um sexo seria, aos meus olhos, um sinal de desprezo.

* * *

As filhas de Jerusalém se precipitam em torno de mim, aos prantos. Tento convencê-las a secar suas lágrimas:

— Vamos lá, é só um momento ruim a ser atravessado, tudo vai ficar bem.

Não creio em uma palavra do que digo. Não vai ficar nada bem, vai ficar pior. Mas os soluços delas me impedem de respirar. Como ajudar alguém? Certamente não chorando diante dessa pessoa. Simão me ajudou, Verônica me ajudou. Nenhum dos dois chorava. Também não arvoravam largos sorrisos, agiam concretamente.

Não, não prefiro as mulheres. Acredito que elas me protejam. Atribuo isso somente ao meu comportamento amável em relação a elas, o que não é costume entre os homens daqui.

É necessário precisar que também não prefiro os homens? Há verbos dos quais fujo, como preferir ou substituir – não se imagina o quanto esses verbos se equivalem. Vi pessoas lutarem para ser preferidas, sem se dar conta de que isso as tornava substituíveis.

Um dia, sustentarão que ninguém é insubstituível. É o contrário da minha palavra. O amor que me consome afirma que cada um é insubstituível. É terrível saber com antecedência que meu suplício não servirá de nada.

Não é absolutamente verdade. Haverá alguns indivíduos que vão entender. Não excluo que eles não precisem do meu sacrifício para isso. Jamais saberei. É melhor não conceber uma amargura que deixaria meu destino ainda mais pavoroso.

Tem-se cada pensamento esquisito quando se arrasta esta cruz. Chamar isso de pensamento é um exagero, são estilhaços, curtos-circuitos. Aquilo que carrego é pesado demais para mim. Nunca me senti tão miserável.

Pena que ignorasse isso anteriormente: não ter muitas responsabilidades é um ideal de vida suficiente. Sagrada lição que não me será de nenhuma utilidade. Lembro-me de ter caminhado por dias inteiros me felicitando por estar alegre sem motivo. Não é que eu estivesse alegre sem razão, é que eu saboreava a leveza.

Desmorono pela terceira vez. Comer poeira agora faz todo sentido. O solo não está mais lamacento, o sol secou a terra. Avisto o topo do Gólgota. Por que estou apressado em chegar até lá? Mal posso crer que sofrerei mais quando estiver sobre cruz do que sob a cruz, como estou agora.

É uma experiência comum: quando galgamos uma montanha, primeiro a olhamos de baixo, de onde ela não parece tão elevada. É preciso chegar ao topo para se dar conta da altitude. O Gólgota é apenas um montículo, mas tenho a impressão de que nunca terminarei de escalá-lo.

Não sei como fiz para ficar de pé novamente. No estado em que estou, tudo é esforço, tenho dor em todo lugar. Devo ser forte, pois não desmaio. Os últimos passos são os piores, não posso experimentar a alegria de quem venceu a prova, sei que o que começa aqui é de outra natureza.

Não demoram a me sinalizar isso da maneira mais simples: despem-me. Era somente uma túnica de linho e um cinto: finalmente me dou conta do valor desses trapos.

Enquanto estamos vestidos, somos alguém. Não sou mais ninguém. Uma pequena voz na minha cabeça sussurra: "Deixaram tua tanga. Poderia ser pior". Toda a condição humana se resume a isso: poderia ser pior.

Não ouso olhar para os dois crucificados que já estão em seus lugares. Poupo-lhes a dor de serem observados, que é a dor que acabo de viver longamente.

Um dos dois declara, com uma voz maliciosa:

— Se és filho de Deus, pede ao teu pai para te tirar daqui.

Admiro sinceramente que, nesta situação, ele esteja com um espírito sarcástico.

Escuto o outro dizer:

— Cala-te, ele mereceu menos do que nós.

Sofrer a este ponto e insistir em me defender, isso me deixa tocado. Agradeço a esse homem.

Não, não lhe digo que está salvo. Dizer algo assim a alguém que está sofrendo um suplício desses é um desaforo. E dizer a um dos dois crucificados "estás salvo" e não ao outro teria sido o cúmulo do cinismo e da mesquinharia.

Esclareço esses pontos porque não é o que será escrito nos Evangelhos. Por quê? Ignoro. Os evangelistas não estavam ao meu lado quando aconteceu. E não importa o que possam ter dito, não me conhecem. Não estou bravo com eles, mas nada é mais irritante do que as pessoas que, sob pretexto de amar você, têm a pretensão de conhecer você de cor.

Na verdade, tive pelos dois crucificados uma inclinação fraternal, pela simples razão de que eu logo viveria o seu suplício. Um dia, inventarão a expressão "discriminação positiva" para sugerir qual teria sido minha atitude com aquele a quem chamarão de bom ladrão. Não tenho opinião sobre a questão, sei apenas que esses dois homens me emocionaram, cada um a sua maneira. Porque se eu gostei muito do que o bom ladrão disse, gostei muito também do orgulho do mau, que, aliás, não era mau, não vejo o que há de tão grave em roubar pão e compreendo que alguém não tenha remorsos em uma situação dessas.

O momento chegou: deito-me sobre a cruz. Agora, aquilo que carreguei me carregará. Vejo chegarem os pregos e martelos. Tenho dificuldade de respirar, de tanto medo. Pregam-me os pés e as mãos. É rápido, mal tenho tempo de me dar conta. E depois ajeitam a minha cruz entre as dos meus irmãos.

É ali que descubro este sofrimento inacreditável. Ter as mãos atravessadas por pregos não é nada comparado a pesar sobre eles, e o que vale para as mãos se multiplica por mil quando se trata dos pés. A regra é, sobretudo, não se mexer. O menor movimento desencadeia uma dor que já é insustentável.

Digo a mim mesmo que vou me acostumar, que os nervos não podem suportar por tanto tempo um horror desses. Descubro que eles são altamente capazes disso, e que este equipamento registra tanto as variações mais ínfimas como as mais gigantescas.

E pensar que quando eu arrastava a cruz, imaginava que a finalidade da vida consistia em não carregar fardos pesados! O sentido da vida é não sofrer. Aí está.

Não há meios de escapar. Estou totalmente entregue à minha dor. Nenhuma ideia e nenhuma lembrança podem me libertar.

Olho para aqueles que me olham. *Que efeito tem isso que está acontecendo contigo?* É o que leio em incontáveis olhos, sejam eles compassivos ou cruéis. Se precisasse responder a eles, não encontraria palavras.

Não tenho raiva dos cruéis. Primeiro, porque a dor monopoliza minhas faculdades; depois, porque se minha dor pode trazer prazer a alguém, assim prefiro.

Madalena está aqui. Ver minha mãe me desagradou, ver minha amada me comove. Ela é tão bela que a compaixão não a desfigura. Sofro ao ponto de minha alma urrar, mesmo que minha boca se cale por não conseguir imaginar um grito que convenha.

O urro da minha alma penetra Madalena. Não é uma metáfora. Seria o excesso de dor ou a proximidade da morte? Vejo o amor de Madalena sob a forma de raios. A palavra raio não convém exatamente, é algo mais delicado e, ao mesmo tempo, mais redondo, mais concêntrico; é uma onda luminosa que emana dela e que eu recebo e que é tão doce quanto é doloroso aquilo que lhe dou.

Vejo o urro da minha alma, ou, melhor, minha alma sob a forma de um forte impulso que alcança a alma amorosa de Madalena e se mistura com ela. E experimento, senão um alívio, uma misteriosíssima alegria.

A sede, que eu havia conservado sob forma de um golpe secreto, lembra-me de sua existência. Era uma excelente ideia. O extremo tormento da garganta me permite sair do horror do meu corpo despedaçado, há uma salvação concreta nesse estado alterado.

A onda que me liga a Madalena é oblíqua, e essa obliquidade se deve menos à minha posição elevada do que ao caráter de sua luz azul. Minha amada e eu nos exultamos em segredo por aquilo que somos os únicos a saber.

E quando digo únicos, isso significa que meu pai não sabe. Ele não tem corpo, e o absoluto amor que Madalena e eu vivemos neste momento emana do corpo, assim como a música irrompe do instrumento. Só se aprende verdades tão fortes quando se tem sede, quando se experimenta o amor ou quando se morre: três atividades que necessitam de um corpo. A alma também é indispensável, é claro, mas nunca será suficiente.

Até poderia rir. Não me arrisco, isso me arrancaria um espasmo de dor. Se de fato era necessário que eu morresse, não precisava, em caso algum, que se passasse desta forma. Tenho um medo horroroso de estragar a minha morte. Poderia até mesmo perder o grande momento, tamanho é meu sofrimento.

Esta crucificação é um equívoco. O projeto de meu pai consistia em mostrar até onde se podia ir por amor. Se, pelo menos, essa ideia fosse somente tola, talvez ela permanecesse inútil. Lamentavelmente, ela é pavorosamente prejudicial. As teorias dos homens vão escolher o martírio por causa do meu exemplo imbecil. Quem dera fosse só isso! Mesmo aqueles que terão a sabedoria de optar por uma vida simples serão contaminados por essa ideia. Porque o que meu pai me inflige é prova de um desprezo tão grande pelo corpo que sempre ficará alguma coisa.

Pai, foste ultrapassado pela tua invenção. Poderias ficar orgulhoso dessa constatação, que prova teu gênio criador. No lugar disso, sob pretexto de dar uma lição de amor edificante, pões em cena a punição mais hedionda e a mais cheia de consequências que se possa imaginar.

Começou bem, no entanto. Engendrar um filho solidamente encarnado era uma boa história, e poderias ter aprendido muito com isso se tivesses pensado em compreender o que te escapava. És Deus: que sentido pode ter para ti esse orgulho? Trata-se mesmo disso? O orgulho não é mau. Não, vejo nele um traço ridículo: é uma suscetibilidade.

Sim, és suscetível. Outro sinal: não suportarás as revelações diferentes. Ficarás chocado com o fato de homens antípodas ou vizinhos viverem a verticalidade de diversas formas. Às vezes, com sacrifícios humanos que terás a pachorra de achar bárbaros!

Pai, por que ages com pequenez? Eu blasfemo? É verdade. Castiga-me, então. Podes me castigar ainda mais?

Feito: eis que sofro mil vezes mais. Por que fazes isso? Critico-te. Disse que não te amava mais? Estou com raiva, bravo contigo. O amor autoriza tais sentimentos. O que sabes do amor?

É exatamente este o problema. Não conheces o amor. O amor é uma história, e é preciso um corpo para contá--la. O que acabo de dizer não tem sentido algum para ti. Se ao menos tivesses consciência da tua ignorância!

Minha dor toma tamanhas proporções que espero morrer o mais rápido possível. Sei, infelizmente, que ainda terei um bom tempo. A chama da vida não vacila. É melhor sobretudo não me mexer, o menor movimento se paga com algo muito além do imaginável. O que também é terrível na indignação é que ela traz consigo um sobressalto: os indignados são incapazes de imobilidade.

Aceita, meu amigo. Sim, é comigo que eu falo. É preciso ter amizade por si mesmo. Ter amor seria desagradável: o amor traz consigo excessos pouco saudáveis a se infligir. O ódio é semelhante e mais injusto. Sou meu amigo, tenho afeição pelo homem que sou.

Aceita, não porque seja aceitável, mas porque sofrerás menos. Não aceitar é bom quando é útil: aqui, não servirá de nada.

Não dispões de uma espécie de trio infalível? Resumiste as três situações mais radicais: a sede, o amor, a morte. Estás na intersecção das três. Aproveita, meu amigo. Esse verbo é abjeto. Mesmo assim, não posso dizer "regozija-te" sem parecer que zombo de mim mesmo.

O fato está aí: é o caso de dizer que vivo uma experiência crucial. Não posso pôr de lado esse sofrimento, então, mergulho na sede para, em vez de escapar dela, direcioná-la.

Que sede grandiosa! Uma obra-prima de degradação. Minha língua se transformou em uma pedra-pomes; quando a esfrego contra meu palato, é abrasiva. Explora tua sede, meu amigo. Ela é uma viagem, ela te conduz a uma fonte, como é belo, escuta, é a boa música, é preciso afinar o ouvido, há músicas que merecem isso; este murmúrio tenro me regozija até o âmago, tenho na boca este gosto de pedra. Haverá um país tão pobre que, em seu idioma, beber e comer serão um único verbo empregado com a última parcimônia; beber é um pouco como comer seixos líquidos – não, isso só funciona se a água escorre, e, na minha viagem, ela não escorre, jorra, deito--me de maneira a abocanhá-la, ela me ama como ama a fonte eleita. Bebe-me sem limites, meu amado, que tua sede te satisfaça e nunca se esgote, pois essa palavra não existe em língua alguma.

Como se surpreender com o fato de que a sede conduz ao amor? Amar começa sempre por beber com alguém. Talvez porque nenhuma sensação seja tão pouco decepcionante. Uma garganta seca imagina a água como êxtase, e o oásis é à prova da espera. Aquele que bebe depois do deserto jamais diz a si mesmo: "É superestimado". Oferecer uma bebida àquela que nos preparamos para amar é sugerir que o deleite será, ao menos, à altura da esperança.

Encarnei-me em uma região de seca. Não somente era preciso que eu nascesse onde a sede exerce seu reinado, mas também onde o calor sevicia.

Pelo pouco que conheço do frio, ele teria falseado o jogo. Não somente porque ele adormece a sede, mas porque ele retrai as sensações anexas. Aquele que tem frio tem apenas frio. Aquele que morre de calor é capaz de sofrer, ao mesmo tempo, por mil coisas.

Ainda estou extremamente vivo. Suo – de onde vem todo este líquido? Meu sangue circula, escorre das minhas chagas, a dor atinge seu ápice, tenho tanta dor que a geografia da minha pele está modificada, tenho a impressão de que as zonas mais sensíveis do meu corpo se localizam agora nos meus ombros e braços, esta posição é intolerável; e pensar que um dia um ser humano teve a ideia da crucificação, era preciso ter pensado nisso, o fracasso do meu pai está nesta constatação: sua criatura inventou tais suplícios.

 Ama teu próximo como a ti mesmo. Ensinamento sublime, contrário ao que estou professando. Aceito ser levado a esta morte monstruosa, humilhante, indecente, interminável: aquele que aceita isso não se ama.

Posso me refugiar atrás do erro paterno. Com efeito, seu projeto é característico do puro e simples equívoco. Mas e eu, como pude me enganar a este ponto? Por que esperei estar na cruz para me dar conta disso? Havia suspeitado disso, certamente, mas não ao ponto de recusar o negócio.

A desculpa que me vem à mente é que eu procedi como qualquer um: vivi o dia a dia sem refletir muito sobre as consequências. Adoro essa versão de que fui apenas um homem – e como adorei sê-lo!

Infelizmente, não posso dissimular, houve algo pior que a submissão ao pai, pior que tudo. A amizade que me concedi há pouco chega tarde demais. Se aceitei o inominável, não é unicamente por conta de uma inconsciência que me desculparia, é porque há em mim o veneno comum: o ódio de si.

Como pude contraí-lo? Tento reconstituir em minha memória. Assim que soube a que estava destinado, odiei-me. Mas me recordo de lembranças anteriores às lembranças, de fragmentos onde não dizia *eu*, onde a consciência não me havia alcançado, e onde eu não me odiava.

* * *

Nasci inocente, alguma coisa saiu dos trilhos, ignoro como. Não acuso mais ninguém além de mim. Estranha falha esta que cometemos por volta dos três anos de idade. Acusar-se disso aumenta o ódio de si, o que é um absurdo. Há um defeito de forma na criação.

E eis que, como todo mundo, torno meu pai responsável pelo meu fracasso. Isso me irrita. Maldito seja o sofrimento! Sem ele, será que procuraríamos sempre um culpado?

Artesão da última hora, tento, enfim, tornar-me meu amigo. Preciso me perdoar por ter extraviado tão gravemente. O mais difícil consiste em me convencer da minha ignorância. Será que eu realmente não sabia?

Uma voz interior me assegura de que eu sabia. Então como pude? Odiar a si mesmo é horroroso, mas já que eu pregava "ama teu próximo como a ti mesmo", sou forçado a admitir a lógica: como pude odiar os outros? E odiá-los a este ponto?

Essa comédia atroz era, então, somente obra do diabo?

Oh, estou farto desse aí. Assim que as coisas vão mal, ele é invocado. É fácil. De onde estou, autorizo-me todas as blasfêmias: não acredito no diabo. Acreditar nele é inútil. Há mal o suficiente na Terra, não é preciso acrescentar uma camada a mais.

As pessoas que assistem ao meu suplício são, em sua maioria, o que a convenção manda chamar de pessoas boas, e o digo sem ironia. Olho em seus olhos e distingo facilmente um mal suficiente para causar tanto meu infortúnio quanto todos aqueles passados e vindouros. Mesmo o olhar de Madalena o contém. Mesmo o meu. Não conheço meu olhar, e, no entanto, sei o que há em mim: aceitei meu destino, não preciso de outro sinal.

Não ficar satisfeito com essa explicação e nomear Diabo, o que não passa de uma baixeza latente, é adornar a mesquinharia de uma palavra grandiosa e lhe atribuir um poder mil vezes superior. Uma mulher genial dirá um dia: "Temo menos o demônio do que aqueles que temem o demônio". Tudo está dito aí.

Alguns dirão que, se batizamos o bem com o nome de Deus, fatalmente será preciso também batizar o mal. De onde tirastes que Deus é o bem? Pareço sê-lo? Meu pai, que imaginou aquilo que eu aceitei, é confiável neste papel? Aliás, ele não o reivindica. Ele se pretende amor.

O amor não é o bem. Há uma intersecção entre ambos, e, ainda assim, nem sempre.

E mesmo o que ele declara ser, será que ele o é? A força do amor , às vezes, é tão difícil de se diferenciar das correntes que ela margeia. Foi por amor a sua criação que meu pai me entregou. Encontrai um ato de amor mais perverso.

Não estou me inocentando. Aos trinta e três anos, tive bastante tempo para refletir sobre a perfídia dessa história. Não existe uma única maneira de justificá-la. A lenda afirma que eu expio os pecados de toda a humanidade precedente. Se fosse verdade, o que acontece, então, com os pecados da humanidade que virá? Não posso alegar ignorância porque sei o que vai acontecer. E mesmo se o ignorasse, que espécie de imbecil seria necessário ser para duvidar?

Por outro lado, como crer que meu suplício expie o que quer que seja? A infinitude do meu sofrimento não apaga, de modo algum, o que infelizes sofreram antes de mim. A própria ideia de uma expiação é repugnante pelo seu sadismo absurdo.

* * *

Se eu fosse masoquista, eu me perdoaria. Não o sou: não há nenhum traço de volúpia no horror que experimento. É preciso, entretanto, que eu me perdoe. Na confusão de falas que vim despejar, a única que pode se salvar é: perdão. Estou oferecendo um contraexemplo contundente. Perdoar não exige nenhuma contrapartida, é apenas um impulso do coração que é preciso sentir. Como explicar, então, que eu me sacrifique? Imaginais um ser que, com a ideia de persuadir as pessoas a se tornar vegetarianas, imolasse um cordeiro: ririam na sua cara.

E eu, eu estou exatamente nessa situação. Ama teu próximo como a ti mesmo, não lhe inflijas aquilo que não suportarias; se ele teve uma má conduta contigo, não exijas a sua punição, mas vira a página com generosidade. Uma ilustração: odeio-me ao ponto de me infligir esta atrocidade, minha punição é o preço a se pagar pelos erros que cometestes.

Como pude chegar a isto? Pouco a pouco, vem-me à mente que esse acúmulo de preterições representa o cúmulo do argumento *a fortiori*: se, no grau de culpabilidade que é o meu, eu conseguisse me perdoar, então, tudo estaria resolvido.

Sou capaz?

Existem mil maneiras de ver meu ato. É impossível determinar qual é a mais abominável. Fiquemos com a que será a oficial: sacrifico-me pelo bem de todos. Nojento! Um pai moribundo chama os filhos ao seu leito e lhes diz:

— Meus queridos, tive uma vida de cão, não me autorizei nenhum prazer, exerci uma profissão detestável, não gastei um tostão e fiz tudo isso por vós, para que tenhais uma bela herança.

Os que chamam essa ideia de amor são monstros. Eu a proferi. Assim, oficializei que era preciso se comportar dessa maneira.

Tomemos como exemplo minha mãe. Repito que é uma mulher melhor do que eu. Ela é tão boa que não está aqui: sabe que sua presença aumentaria minha dor. No entanto, não ignora o que está acontecendo comigo. O que ela sofre é infinitamente pior do que sofro, com a diferença colossal de que ela não escolheu isso nem aceitou. Sou aquele que inflige esta dor à própria mãe.

Madalena: nós estamos ligados. Sou apaixonado por ela assim como ela é apaixonada por mim. Invertamos a atualidade: estou em seu lugar, assisto à crucificação de Madalena sabendo que ela assim o quis.

— Éramos loucamente apaixonados, e, no entanto, escolhi o suplício público. Boa notícia, amor: tens o direito de assistir.

Posso continuar assim longamente. No público que tenho diante dos olhos, há crianças. Antes da puberdade, somos outras pessoas, não que sejamos inocentes, pois podemos fazer o mal, mas não temos filtros, estamos em pé de igualdade com tudo. Neste instante, seres tão disponíveis estão se deixando impregnar por uma tal abjeção.

Sou capaz de me perdoar por isso aí?

Emprego *isso aí* de propósito. Recuso-me a dizer *tal ato* para a crucificação. É elegante e preciosista demais. O que estou vivendo é feio e grosseiro. Se ao menos eu pudesse contar com o rápido esquecimento dos povos! O que mais me atormenta é saber que vão falar disso por séculos e séculos, e não para depreciar meu destino. Nenhum sofrimento humano será objeto de uma glorificação tão colossal. Vão me agradecer por isso aí. Vão me admirar por isso aí. Vão crer em mim por isso aí.

É precisamente por isso aí que não consigo me perdoar. Sou responsável pelo maior contrassenso da História, e o mais nefasto.

Não posso alegar a submissão ao meu pai. Em relação a ele, acumulei desobediências. A começar por Madalena: não tinha direito à sexualidade nem ao estado amoroso. Com Madalena, não hesitei em atravessar a fronteira. E não fui punido.

Não, vejamos. Sou de uma comicidade imbecil por pensar que me beneficiei da impunidade de meu pai ao avançar sobre suas proibições com Madalena. Na verdade, fui castigado por antecedência.

Ou, então, meu erro foi ter acreditado nisso. Acreditei tanto na minha condenação que não imaginei outra possibilidade.

Mesmo que não seja mais o momento, imaginemos.

No Jardim das Oliveiras, Madalena teria vindo me encontrar. Com alguns beijos, ela teria me convencido a escolher a vida. Teríamos fugido juntos, teríamos ido morar em uma terra longínqua, virgem da minha reputação, e teríamos seguido a maravilhosa existência das pessoas ordinárias. Toda noite, eu teria adormecido abraçando minha mulher; toda manhã, teria despertado junto dela. Não há felicidade que se iguale a essa hipótese.

O que não funciona nessa versão é que faço com que minha escolha dependa de Madalena. O que me impediria de ter essa ideia por conta própria? Só precisaria encontrá-la e estender-lhe a mão. Ela teria me acompanhado sem hesitar.

Nem pensei nisso.

Realizei milagres. Agora, não poderia mais. Sofro demais para acessar a casca. Eu só obtinha o poder da casca graças a uma inconsciência absoluta. O excesso de dor bloqueia agora meu caminho. Juro que se pudesse realizar um último milagre, eu me libertaria desta cruz.

Ei, sonhador, vais parar de te fazer mal? Sim, é comigo que falo assim.

Preciso me perdoar. Por que razão não consigo?

Porque penso. Quanto mais penso, menos me perdoo.

O que me impede de perdoar é a reflexão.

Preciso me perdoar sem refletir. Isso depende apenas da minha decisão, não do horror do meu ato. Preciso decidir que está feito.

Tinha dez anos, brincava com as crianças do vilarejo, elas se jogavam no lago, do alto do penhasco, e eu não conseguia. Um garoto me disse:

— É preciso saltar sem pensar.

Obtive esse vazio em minha cabeça e saltei. Passou-se um bom tempo até que eu me encontrasse na água. Amei essa exaltação.

Preciso obter esse vazio em minha cabeça. Criar o nada ali onde a balbúrdia causa estragos. O que chamamos pomposamente de "pensamento" não passa de um zumbido no ouvido.

Consegui.

Eu me perdoo.

Está consumado. É um verbo performativo. Basta dizê-lo – da forma como é preciso dizê-lo, no sentido absoluto do verbo – e está realizado.

Acabo de me salvar e, então, de salvar tudo o que existe. Meu pai sabe disso? Certamente não. Ele não tem nenhum senso de improvisação. Não é culpa sua: para ser capaz de improvisar, é preciso ter um corpo.

Ainda tenho um. Nunca estive tão encarnado: meu sofrimento me prega ao meu corpo. A ideia de deixá-lo me inspira sentimentos contrastantes. Apesar da imensidão da minha dor, lembro o que devo a esta encarnação.

Ao menos, cessei de me torturar dentro de minha mente. É um alívio considerável mergulhar no olhar de Madalena: ela sente que a partida está ganha. Ela aquiesce.

Há quanto tempo estou nesta cruz?

Os lábios de Madalena esboçam palavras que não escuto. Como é a mim que ela se volta, vejo a trajetória dourada de suas palavras se dirigir a mim. A crepitação das fagulhas dura mais tempo que sua frase, recebo seu impacto em pleno peito.

Fascinado, imito-a. Pronuncio palavras inaudíveis em sua direção e as vejo sair de mim sob forma de um feixe de ouro e sei que ela as incorpora.

Os outros ainda têm um ar apiedado. Eles não entenderam. É preciso reconhecer que é tênue aquilo em que consiste minha vitória.

Ainda não estou morto. Como aguentar até o fim? Por mais estranho que possa parecer, sinto que poderia desabar, o que significa que não o fiz.

A fim de evitar o desabamento, recorro ao bom e velho método: o orgulho. O pecado do orgulho? Sim, se assim o quiserdes. No ponto em que me encontro, esse pecado me parece tão derrisório que o perdoo antecipadamente.

Orgulho, sim: ocupo, neste momento, um lugar que vai obcecar a humanidade durante milênios. Que isso seja um mal-entendido não muda nada.

Será dado a uma só pessoa esse posto de observação, não que eu seja o último crucificado da espécie – seria bom demais –, mas porque nenhuma outra crucificação terá tamanha repercussão. Meu pai me escolheu para esse papel. É um erro, uma monstruosidade, mas permanecerá uma das histórias mais perturbadoras de todos os tempos. Será intitulada Paixão de Cristo.

Nome judicioso: uma paixão designa o que sofremos e, por extensão semântica, um excesso de sentimento do qual a razão não tem parte.

Meu pai não se equivocou em me atribuir esse papel. Convenhamos. Fui capaz de cegueira suficiente para me enganar a este ponto, de amor suficiente para me perdoar e de orgulho suficiente para manter a cabeça erguida.

Cometi o maior dos erros. Ele terá consequências incalculáveis. Bem, aí está: é da natureza dos erros ter consequências. Se eu posso me perdoar, então, todos os que se enganarem gravemente poderão se perdoar.

— Tudo está consumado.

Eu disse isso. Percebo depois de ter falado. Todo mundo escutou.

Minhas palavras provocam uma comoção. O céu escurece de repente. Não me conformo com o poder das minhas palavras. Adoraria falar mais para desencadear outros fenômenos, mas não tenho forças.

Lucas escreverá que eu disse: "Pai, perdoa-lhes, porque não sabem o que fazem". Um contrassenso. É a mim que eu devia perdoar: sou mais falível que os homens e não foi ao meu pai que pedi perdão.

Estou aliviado por não ter dito aquilo: teria sido uma condescendência com os homens. A condescendência é a forma de desprezo que mais execro. E, francamente, não estou em situação de desprezar a humanidade.

Também não disse a João (que não estava lá mais do que os outros discípulos): "Eis aqui a tua mãe", nem à minha mãe (que teve a bondade de estar ausente): "Mãe, eis aqui teu filho". João, amo-te muito. Isso não te autoriza a dizer qualquer bobagem. Ao mesmo tempo, pouco importa.

É preciso economizar: chego ao estado no qual falar produz, enfim, o efeito desejado. Qual performance de linguagem quero obter?

A resposta me salta ao coração. Do mais profundo de mim, jorra o desejo que mais se parece comigo, minha necessidade cara, minha arma secreta, minha verdadeira identidade, o que me fez amar a vida, o que ainda me faz amá-la:

— Estou com sede.

Pedido estupeficante. Ninguém havia imaginado. O quê, este homem que sofre tanto, há horas, pode ter uma necessidade tão comum? Acham minha súplica tão absurda quanto se eu pedisse um leque.

É a prova de que estou salvo: sim, no grau de dor ao qual cheguei, ainda posso encontrar minha felicidade em um gole d'água. Neste ponto, minha fé está intacta.

De todas as falas que pronunciei na cruz, essa é de longe a mais importante, é até mesmo a única que conta. Ao sair da infância, aprendemos a não mais saciar a fome logo que ela surge. Ninguém aprende a retardar o momento de matar a sede. Quando esta surge, é invocada como uma urgência indiscutível. Interrompemos a atividade que for, buscamos algo para beber.

Não estou criticando, beber é tão gostoso. Acho uma pena, no entanto, que ninguém explore o infinito da sede, a pureza desse impulso, a áspera nobreza que é a nossa no instante em que a sentimos.

João 4:14: "O que beber da água que eu lhe der jamais terá sede". Por que meu discípulo preferido profere tal contrassenso? O amor de Deus é a água que nunca satisfaz. Quanto mais a bebemos, mais temos sede. Enfim um gozo que não diminui o desejo!

Fazei a experiência. Qual seja vossa preocupação física ou mental, combinai-a com uma verdadeira sede. Vossa busca ficará afiada, precisa, exaltada. Não peço para não beberdes nunca, sugiro esperar um pouco. Há tanto a descobrir na sede.

A começar pela alegria de beber, que nunca celebramos o bastante. Zombamos da afirmação de Epicuro: "Um copo d'água e morro de prazer". Como estamos errados!

Na verdade, digo-vos, todo pregado que estou, um copo d'água me faria morrer de prazer. Desconfio de que não o terei. Já estou orgulhoso de ter esse desejo e feliz de saber que outros além de mim conhecerão esse prazer. Obviamente, ninguém previu esse cenário. No Gólgota, não há água. E mesmo se houvesse, não haveria modo de se elevar até a altura da minha cabeça para me trazer um copo aos lábios.

Escuto, ao pé da cruz, um soldado dizer ao seu chefe:

— Tenho água misturada com vinagre. Dou-lhe com uma esponja?

O superior o autoriza, talvez porque não meça a importância do meu pedido. Tremo com a ideia de sentir, pela última vez, uma sensação daquelas. Ouço o barulho da esponja que se enche de líquido: esse som voluptuoso me revolve de felicidade. O soldado enfia a esponja na ponta de uma lança e a eleva até minha boca.

Por mais esgotado que esteja, mordo a esponja e aspiro seu suco. Exulto. Como é bom. Que maravilha esse gosto de vinagre! Sorvo o líquido sublime do qual a esponja é tão rica, bebo, estou inteiramente no deleite. Não deixo uma gota sequer na esponja.

— Tenho mais um pouco — diz o soldado. — Dou-lhe de novo a esponja?

O chefe recusa:

— Basta.

Bastar. Que verbo horrível! Na verdade, eu vos digo: nada basta.

O superior tem menos motivos para recusar do que tinha para autorizar. O comando é uma tarefa obscura. Estimo-me feliz por ter podido beber água uma última vez, mesmo que minha sede não esteja, de forma alguma, saciada. Eu consegui.

Vai começar a tempestade. As pessoas queriam que eu morresse. Já está demais essa agonia que não termina nunca. Eu também gostaria de morrer rápido. Não está em meu poder precipitar esse falecimento.

O céu é rasgado por raio, trovão, temporal. A multidão se dispersa, descontente, pelo menos era gratuito, ele nem mesmo morreu, não aconteceu nada.

Não tenho forças para esticar a língua e apanhar a chuva, mas ela molha meus lábios, e sinto a alegria sem nome de respirar mais uma vez o melhor perfume do mundo, que um dia receberá o nome de petricor.

Madalena ainda está aqui, diante de mim, a morte será perfeita, está chovendo, e meus olhos repousam nos olhos da mulher que amo.

Eis que o grande momento chega. O sofrimento desaparece, meu coração se desprende como uma mandíbula e recebe uma carga de amor que supera tudo, está além do prazer, tudo se abre ao infinito, não há limites a esse sentimento de libertação, a flor da morte não para de desabrochar sua corola.

A aventura começa. Não digo: "Pai, por que me abandonaste?". Pensei-o muito mais cedo, mas agora não o penso mais, não penso em nada, tenho mais o que fazer. Minhas últimas palavras terão sido: "Estou com sede".

Foi-me permitido entrar no outro mundo sem deixar nada. É uma partida sem separação. Não sou arrancado de Madalena. Levo comigo seu amor para onde tudo começa.

Minha ubiquidade, enfim, tem um significado: estou, ao mesmo tempo, em meu corpo e fora dele. Estou muito apegado a ele para não deixar nele parte de minha presença: o excesso de dor que senti nestas últimas horas não era a melhor forma de habitá-lo. Não me sinto amputado dele, ao contrário, tenho a impressão de recobrar alguns de seus poderes, como o acesso à casca.

O soldado que me deu de beber constata meu falecimento. A esse homem não falta discernimento: a diferença não é evidente. Ele adverte seu chefe, que me olha com um ar dubitativo. Este momento me diverte: se não estivesse de fato morto, o que isso mudaria? É preciso que este centurião acredite em minha magia para temer uma enganação! Francamente, se eu quisesse ressuscitar agora, seria incapaz, por uma razão simples: estou esgotado. Morrer cansa.

O chefe ordena ao soldado que transpasse meu coração com sua lança. Essa ordem perturba o infeliz, que se afeiçoou a mim: ele se opõe a recorrer a essa lança, que havia servido para me abeberar com a esponja, para me ferir.

O superior se irrita, exige obediência imediata. É preciso verificar que estou morto, execução! O soldado aponta sua lança para meu coração, ele o evita de propósito, como se quisesse poupar esse órgão, e me transpassa logo abaixo; não conheço anatomia o suficiente para precisar onde ele me atinge, sinto o corte de sua arma em mim, mas não sinto dor. Um líquido que não é sangue escorre.

Convencido, o centurião anuncia:

— Está morto!

As raras pessoas que ainda estão de pé à minha frente se vão, cabisbaixas, ao mesmo tempo desoladas e tranquilizadas. A maioria esperava um milagre: ele aconteceu sem que fosse percebido. Tudo isso pareceu muito pouco espetacular, era uma crucificação ordinária; se não houvesse caído uma tempestade, no final, teriam tido realmente o sentimento de que o Eterno não se importava.

Madalena corre avisar minha mãe:

— Teu filho já não sofre.

Elas caem nos braços uma da outra. A parte de mim que agora sobrevoa meu corpo as vê e se emociona.

Madalena toma a mão de minha mãe e a conduz ao Gólgota. O centurião ordenou ao soldado e a dois colegas que me descessem da cruz, que está sobre o chão. Têm a delicadeza de retirar os pregos de minhas mãos e pés antes de me soltar, para que não se dilacerem. Admito que me sensibilizo diante dessa atenção: amo meu corpo, não gostaria de que o maltratassem ainda mais.

Minha mãe pede que lhe entreguem meu cadáver, e ninguém lhe contesta esse direito. A partir do momento em que os romanos não duvidam mais de meu falecimento, é insano como são gentis. Quem acreditaria que são os mesmos que me brutalizaram desde de manhã? Eles parecem sinceramente tocados por essa mulher que veio reclamar os restos de seu filho.

* * *

Gosto deste instante. O abraço materno é de uma extrema doçura, é o último encontro, sinto o carinho e o amor; as mães que têm um filho morto necessitam do corpo daquele que deixou de existir, justamente para que ele exista.

Eu havia detestado encontrar minha mãe depois da primeira queda sob o peso da cruz tanto quanto adoro estar uma última vez em seus braços. Ela não chora, poderia crer que sente meu bem-estar, ela me diz palavras adoráveis, meu pequenino, meu passarinho, meu cordeirinho, beija-me a testa e as bochechas, estremeço de emoção e, curiosamente, estou certo de que ela se dá conta. Ela não parece triste, ao contrário. Aquilo que chamam de minha morte a rejuvenesceu trinta e dois anos, como é bonita essa minha mãe adolescente!

Mamãe, que privilégio ser teu filho! Uma mãe que tem o talento de fazer seu filho sentir o quanto ela o ama é a graça absoluta. Recebo essa embriaguez que é menos universal do que se pensa. Estou pasmo de prazer.

Curioso este estado do meu corpo, morto ao sofrimento, mas não à alegria! Não sei nem mesmo se recorro ao poder da casca, é como se o milagre jorrasse espontaneamente dela, minha pele está viva, vibrando de felicidade, e minha mãe recolhe em seus braços esse estremecimento.

A descida da cruz é uma cena que produzirá um grande número de representações artísticas: a maioria delas dará mostras dessa ambiguidade. Maria quase sempre parece se dar conta de uma anomalia que não enuncia. Quanto à minha comoção, ela aparece sempre.

Está bem claro: mesmo os pintores menos místicos desconfiam de que minha morte é uma recompensa. É o meu sono dos justos. Que exista ou não uma vida após a morte da alma, como não suspirar de alívio pelo fim do suplício deste infeliz?

Eu, que tenho acesso às obras de arte do mundo inteiro, de séculos e séculos, gosto de olhar as que representam a descida da cruz. Nunca dou nem uma olhadela nas cenas que me representam crucificado: nada que lembre o suplício. Mas fico muito emocionado com as estátuas ou quadros onde vejo meus restos nos braços de minha mãe. Fico espantado com a exatidão do olhar dos artistas.

Alguns, e não poucos, sentiram o rejuvenescimento de minha mãe. Nenhum dos textos o menciona, provavelmente porque não pareceria importante. A *mater dolorosa* tem coisas mais importantes com que se preocupar do que suas rugas, concordo.

Normalmente, é o defunto que parece rejuvenescido em seu leito de morte. Não é o meu caso. De fato, depois de uma crucificação, a gente envelhece. É como se minha mãe se beneficiasse da famosa lufada de juventude *post mortem*. Gosto da forma como nossos corpos estão ligados.

Na *Pietà* da entrada da basílica de São Pedro, Maria parece ter dezesseis anos. Eu poderia ser seu pai. A relação está tão invertida que minha mãe se torna órfã de mim.

Seja como for, as representações de *mater dolorosa* são sempre hinos ao amor. A mãe recebe o corpo de seu filho com ainda mais embriaguez por ser a última vez.

Ela poderá visitar sua tumba todos os dias, mas sabe que nada se compara ao abraço: sim, mesmo com um corpo morto, todo o amor do mundo nunca se exprime tão bem quanto pelo abraço.

Estou aqui. Não deixei de estar aqui. De outra maneira, certamente, mas estou aqui.

Não há nenhuma necessidade de crer em algo para sondar o mistério da presença. É a experiência comum. Quantas vezes estamos em um lugar sem estar realmente presentes? Não se sabe necessariamente a que isso se deve.

"Concentra-te", dizemos a nós mesmos. Isso significa: "Reúne tua presença". Quando se fala de um aluno disperso, evoca-se esse fenômeno de uma presença que se dissipa. Para isso, basta estar distraído.

A distração nunca foi meu forte. Ser Jesus talvez seja isto: alguém presente de verdade.

É difícil comparar. Sou como os outros, no sentido de que tenho acesso apenas à minha experiência. Aquilo que chamam de minha onisciência deixa-me em uma vasta ignorância.

O fato reside aí: não se encontrar alguém verdadeiramente presente em qualquer lugar. Meu trio infalível – o amor, a sede, a morte – ensina também três maneiras de se estar formidavelmente presente.

Quando nos apaixonamos, ficamos presentes em um nível fenomenal. Em seguida, não é o amor que se dissipa, é a presença. Se quereis amar como no primeiro dia, é vossa presença que deve ser cultivada.

Aquele que está sedento tem uma presença tamanha, que ela se torna incômoda. Não é preciso comentar sobre isso.

Morrer é um ato de presença por excelência. Não me conformo com as inúmeras pessoas que esperam morrer enquanto dormem. Seu erro é ainda mais profundo, porque morrer durante o sono não garante a inadvertência. E por que querer essa inadvertência no momento mais interessante da sua existência? Felizmente, ninguém morre sem perceber, pelo motivo de ser impossível. Mesmo o mais distraído é chamado subitamente ao presente quando atravessa.

E depois? Ninguém sabe.

Sinto que estou aqui. Alguns afirmarão que é uma ilusão da consciência. No entanto, cada um pode perceber a extrema presença dos mortos. Pouco importa a crença. Quando alguém morre, é inacreditável como se pensa nessa pessoa. Para muitas pessoas, é exatamente o único momento em que pensamos nelas.

Em seguida, a tendência é que se esvaia. Ou não. Há ressurgências extraordinárias. Indivíduos nos quais passamos a pensar dez anos, cem anos, mil anos depois de sua morte. Pode-se negar que se trate de sua presença?

O que gostaríamos de saber é se essa presença é consciente. O morto sabe que está ali? Acredito que sim, mas, como estou morto, vão dizer que advogo em causa própria. Admitamos que não sou um morto qualquer.

Mesmo assim, não sei. Nunca fui outro morto além de mim. Talvez todos os mortos se sintam tão presentes quanto eu.

* * *

O que desaparece quando morremos é o tempo. Estranhamente, é preciso ter tempo para percebê-lo. A música se torna a única coisa que permite ter ainda uma vaga noção disso: sem o desenrolar da música, o morto não entenderia mais nada do que se passa.

Ao término de vários cânticos, fui posto dentro do sepulcro. Muita gente fica mais aterrorizada com seu enterro do que com seu falecimento: um terror que nada tem de absurdo. Morrer, por que não? Ficar encerrado em um jazigo, eventualmente com outros cadáveres, que pesadelo! A cremação, que tranquiliza algumas pessoas, amedronta outras. É um temor defensável. Aqueles que bradam alto e forte: "Fazei de meu corpo o que quiserdes, não me importo! Estarei morto, tanto faz", com certeza, não pensaram muito. Será que têm tão pouco respeito pela porção de matéria que lhes permitiu conhecer a vida durante tantos anos?

Não tenho sugestões quanto a essa questão; é preciso um rito, e isso é tudo. E funciona bem, há sempre um rito. No meu caso, ele foi rapidamente executado, o que é normal quando se trata de um condenado. Nunca se viu uma execução seguida de um funeral de Estado.

Fui envolvido, com gestos muito delicados, em uma mortalha e posto em uma cavidade do jazigo, numa espécie de cama. As pessoas se despediram e fecharam a porta do sepulcro.

Então, conheci este momento de pura vertigem: o de ser deixado a sós com sua própria morte. Poderia ter sido muito ruim. É porque sou Jesus que foi tão maravilhoso? Espero que não. Queria que fosse assim para o máximo possível de mortos. Desde que tudo acabou, minha festa começou. Meu coração explodiu de exultação. Uma sinfonia de júbilo retumbou em mim. Fiquei deitado para explorar essa alegria até que não pude mais. Levantei-me e dancei.

As músicas mais grandiosas do presente, do passado e do futuro se deflagraram em meu seio e conheci o infinito. Normalmente, é preciso tempo para compreender a beleza de uma peça musical e se exaltar com ela. Aqui, foi-me dado desvendar o sublime à primeira escuta. Essas músicas não eram todas humanas; mesmo se muitas delas fossem, elas provinham de planetas, de elementos e de animais e de outras origens não necessariamente identificáveis.

Também havia naquela alegria um aspecto mecânico: em nossos estados de espírito, os altos têm tendência a suceder os baixos. Mas fiquei tocado ao constatar que esse princípio de compensação funcionava após a morte.

Quando o jazigo não era mais suficiente para conter minha exultação, saí. Perguntou-se muito com qual magia eu teria conseguido fazer isso. Foi-me tão natural que não posso responder. Gostei muito de me encontrar fora. O silêncio que se seguiu à música foi um deleite que apreciei enormemente.

Havia vento, e eu respirei a plenos pulmões. Não me pergunteis como um morto pode fazê-lo. Os amputados mantêm a sensação do membro perdido, imagino que isso explique aquilo. Nunca parei de sentir o que valia a pena.

Iniciei a vida eterna. A expressão consagrada ainda não significa nada para mim: a palavra eternidade só tem sentido para os mortais.

Existem muitas versões do que aconteceu depois. Eis a minha: como fiquei passeando por onde tinha vontade, encontrei pessoas que amava. Nada mais natural, também nesse caso. Não tinha nenhum desejo de ir a lugares que me desagradavam, nem de visitar pessoas inconvenientes.

Como explicar que tenham me visto e que tenham me ouvido? Não sei. Não é banal, mas não é uma coisa única. Houve outros casos, na História, de mortos que foram vistos e ouvidos, ainda mais no caso de afinidades. Houve casos célebres e casos desconhecidos. Se fosse preciso listar todas as experiências de contatos perturbadores com defuntos, elas encheriam páginas e páginas.

Conclamo a cada um testemunhar: todos os que já perderam alguém querido experimentaram um instante inexplicável. Alguns até têm epifanias com seres que não conheceram. Na verdade, não há limites no que chamamos de viver.

Isso não impede e não impedirá que uma proporção importante de pessoas afirme que não há nada após a morte. É uma convicção que não me seria chocante se não fosse pelo seu aspecto peremptório e, sobretudo, pela inteligência superior que seus portadores se arrogam. Como se surpreender? Se sentir mais inteligente que os outros é sempre sinal de uma deficiência.

Na verdade, eu vos digo: não sou mais inteligente. Nem mesmo tenho interesse em sê-lo. Não tenho uma fantasia maior de igualdade do que de superioridade, as duas causas me parecem vãs, a qualidade de um ser não é mensurável. Assim como não há voz passiva ou ativa naquilo que acreditaram ser o meu último milagre: teria eu ressuscitado ou sido ressuscitado? Se analiso o que me atravessou, diria que fui ressuscitado. Deixei-me levar. O terceiro dia? Não senti nada parecido. Quando passei do estado vivo ao estado morto, observei uma mudança significativa de percepção, particularmente no que diz respeito à duração. Desde a minha travessia, meu destino foi diferente do comum? Não tenho meios de sabê-lo, mas a minha intuição é que não sou o único a tê-lo vivenciado dessa maneira.

Um dos maiores escritores dirá que o sentimento amoroso desaparece na morte para se transformar em amor universal. Quis verificá-lo indo rever Madalena. Antes mesmo que ela percebesse minha presença, fiquei desconcertado ao reencontrá-la. A lembrança do meu corpo a tomou em seus braços, ela me apertou contra si com frenesi, nada alterava nosso fervor.

O mesmo escritor aborda esse assunto em um conto intitulado "O fim do ciúme". O narrador, um ciumento doentio, cura-se dessa doença no momento de sua morte e deixa, simultaneamente, de estar apaixonado. Esse escritor tem uma concepção muito especial do ciúme: aos seus olhos, ele constitui praticamente a totalidade do amor.

Como também fui um homem comum, lembrei-me de que, quando era vivo, a ideia de Madalena com outro me era desagradável. Agora, é preciso reconhecer que essa perspectiva me é indiferente. Então, o escritor tem razão: o ciúme não deixa rastros após a morte. Mas ele está errado, ao menos no que me diz respeito: o ciúme e o estado amoroso não se sobrepõem.

Se eu me manifestei tanto junto àqueles que amo, era mais para honrar a mensagem de meu pai do que por uma profunda necessidade. Deve ser uma outra diferença notória com o estado vivo: o amor não engendra mais tanta necessidade de contato. Sobretudo se a separação não se fez por um mal-entendido ou por uma crise. Não duvido do amor de Madalena, sei que ela não duvida do meu: por que multiplicar os encontros? O que vale para ela vale *a fortiori* para os outros.

Não se trata de frieza. É confiança. Fiquei emocionado, é claro, de reencontrar alguns de meus discípulos e amigos. Sua felicidade em me ver tão bem recaiu sobre mim. Nada mais natural. No entanto, ao viver esses momentos de festa, tinha pressa de que terminassem logo. Esse excesso de tensão me era um pouco penoso. Tinha vontade de paz. Sentia que meus amigos demandavam muito e tentava responder-lhes. Era por eles, e não por mim.

Se censurais vosso caro falecido por não se manifestar, não esqueçais de que sois vós que tendes necessidade dele, e não o inverso. Quando amamos verdadeiramente alguém, exigimos que esse alguém se sacrifique por nós? A mais bela prova de amor que podemos oferecer ao amado não seria lhe permitir que se entregue à egoísta tranquilidade? Isso requer menos esforços do que se acredita, requer somente confiança.

Na verdade, se vosso defunto bem-amado se cala, regozijai-vos. É porque ele morreu da melhor maneira. É porque ele vive bem sua morte. Não deduzais por isso que ele não vos ama. Ele vos ama da mais maravilhosa forma: não se esforçando em fazer por vós uma contorção desagradável.

É doce estar morto. Voltar a vós é fastidioso. Imaginai: no inverno, estais deitado sob a coberta, na delícia do repouso e do calor. Mesmo que prezeis vossos amigos, tendes vontade de sair no frio para dizer isso a eles? E se sois o amigo, quereis realmente obrigar aquele de quem sentis falta a enfrentar o desconforto das geadas para vos confortar?

Se amais vossos mortos, confiai neles a ponto de amar seu silêncio.

A meu respeito, falou-se em abnegação. Por instinto, não gosto. Meu sacrifício já foi um erro muito grande: é realmente necessário atribuir a mim a virtude cardinal que leva a ele?

Não vejo em mim o menor traço dessa disposição. Os seres dotados de abnegação dizem, com um orgulho que acho deslocado: "Oh, não tenho importância, não conto".

Ou mentem, e por que uma mentira tão absurda? Ou dizem a verdade, e é indigno. Querer não contar é uma humildade descabida, uma covardia.

Todo mundo conta em uma proporção tão colossal que é incalculável. Nada é mais importante do que aquilo que acreditamos ser infinitesimal.

A abnegação supõe o desinteresse. Não sou desinteressado porque sou uma alavanca. Aspiro ao contágio. Morto ou vivo, cada um tem o poder de se tornar uma alavanca. Não há poder mais considerável.

O inferno não existe. Se existem almas condenadas, é porque sempre há pessoas que encontram seu suplício. Todos nós já encontramos ao menos um destes: o ser perpetuamente contrariado, o insatisfeito crônico, aquele que, convidado a um banquete suntuoso, só verá os pratos que faltam. Por que seriam eles privados de sua paixão pela reclamação no momento de morrer? Eles têm o direito de não aproveitar a sua morte.

Os defuntos também têm a possibilidade de se reencontrar. Observo que eles se abstêm quase sempre. Por mais intensos que tenham sido seus amores ou suas amizades, quando estão mortos, não têm muito mais o que dizer um ao outro. Não sei por que evoco esse fenômeno na terceira pessoa, afinal, também é válido para mim.

Não se trata de indiferença, mas de outra maneira de amar. É como se os mortos se tornassem leitores: a relação que mantêm com o universo se aproxima da leitura. É uma atenção calma, paciente, um deciframento refletido. E exige solidão – uma solidão propícia à fulgurância. De maneira geral, os mortos são menos tolos que os vivos.

Que leitura é essa que nos ocupa quando atravessamos? O livro se constitui em função de nosso desejo, é ele que suscita o texto. Estamos nessa situação luxuosa de sermos, ao menos tempo, o autor e o leitor: um escritor que criaria para seu próprio encanto. Não há nenhuma necessidade de caneta ou de teclado quando se escreve no tecido de seu deleite.

Se não buscamos encontros, é porque eles nos lembram nossa individualidade enquanto vivos, à qual somos pouco apegados. Quando me encontrou, Judas me chamou pelo meu primeiro nome, o que me surpreendeu.

— Esquecestes que te chamavas Jesus?

— Esquecer não é o verbo correto. Meu nome não me obceca, só isso.

— Não sabes o quanto és feliz. Eu só penso nisto: traí-te. Sou o vilão da tua história.

— Se isso te desagrada, pensa em outra coisa.

— Em que mais poderia pensar?

— Não há um lugar prazeroso no teu pensamento?

— Não entendo tua pergunta. Sou aquele que traiu Cristo. Como queres que eu não fique obcecado?

— Se este é teu desejo, podes ruminá-lo por séculos e séculos.

— Vês! Encorajas-me a ter remorsos!

Não foi o que eu disse. Senti uma curiosa emoção ao perceber que os mal-entendidos sobreviviam à morte.

O que me resta de ter sido um vivo chamado Jesus?

Sobre seu leito de agonia, os moribundos dizem frequentemente: "Se pudesse voltar atrás...", e então especificam o que refariam ou o que modificariam. Isso prova que ainda estão vivos. Quando se está morto, não se sente aprovação ou arrependimento em relação às ações ou abstenções. Vê-se a própria vida como uma obra de arte.

No museu, diante de uma tela pintada por um mestre, ninguém pensa: *Eu, no lugar de Tintoretto, teria feito de tal maneira*. Contempla-se, constata-se. Suponhamo que fomos, um dia, esse famoso Tintoretto, não nos julgamos, mas admitimos: "Eu me reconheço nesta pincelada". Não nos colocamos a questão de saber se isso era bom ou mau e nunca nos toca a ideia de que poderíamos ter feito de outra forma.

Mesmo Judas. Sobretudo Judas.

Nunca repenso na crucificação. Não era eu.

Contemplo aquilo que me agradou, aquilo que me agrada. Meu trio campeão continua funcionando. Morrer não é mais novidade, mas valia a pena. Morrer é melhor que a morte, assim como amar é muito melhor que o amor.

A grande diferença entre mim e meu pai é que ele é amor, e eu amo. Deus diz que o amor é para todos. Eu, que amo, vejo bem que é impossível amar a todos da mesma maneira. É uma questão de fôlego.

Em francês, essa palavra[2] é fácil demais. Em grego antigo, fôlego se traduz por *pneuma*: termo admirável para exprimir que respirar não é natural. O francês, língua do humor, conservará na língua atual apenas a palavra pneu.

Quando estamos diante de alguém de quem não se pode gostar muito, dizemos que essa pessoa não nos

---

2. No original, em francês, "*souffle*". (N.T.)

cheira muito bem. Essa impressão olfativa impede de respirar na presença do inoportuno.

Com o amor à primeira vista é o contrário: primeiro, ficamos sem ar e, depois, respiramos excessivamente. Sentimos uma necessidade desvairada de sorver a pessoa cujo cheiro nos transtorna.

Por mais morto que esteja, ainda sinto a vertigem do fôlego. A ilusão desempenha com perfeição o seu papel.

Meu único luto é a sede. Sinto menos falta de beber água que do ímpeto que inspira o ato. Entre as injúrias dos marinheiros, há a de beberrão. Eis um insulto que não corro o risco de merecer.

Para sentir sede, é preciso estar vivo. Vivi tão intensamente que morri sedento.

Talvez seja isso a vida eterna.

Meu pai me enviou à Terra para que eu espalhasse a fé. A fé em quê? Nele. Mesmo que ele tenha se dignado a me incluir no conceito, pela ideia de trindade, acho isso exagerado.

    Pensei nisso muito rapidamente. Aliás, quantas vezes repeti para uma ou outra pessoa em desespero: "Tua fé te salvou?". Teria eu me permitido mentir a esses infelizes? A verdade é que tentei bancar o esperto com meu pai. Percebi que a palavra fé tinha uma propriedade estranha: tornava-se sublime com a condição de que fosse intransitiva. O verbo crer obedece a uma lei idêntica.

Crer em Deus, crer que Deus se fez homem, ter fé na ressurreição, tudo isso soa trôpego. As coisas que desagradam ao ouvido são aquelas que desagradam ao espírito. Isso soa estúpido porque o é. Não saímos do nível elementar, como na aposta de Pascal: crer em Deus é o mesmo que apostar suas fichas nele. O filósofo chega ao ponto de nos explicar que, seja qual for o desfecho da tômbola, saímos ganhando nesse negócio.

E eu nisso tudo, será que eu acredito? No começo, aceitei esse projeto demente porque acreditava na possibilidade de mudar o homem. Vimos no que deu. Se consegui mudar três, já é demais. Além disso, que crença idiota! É preciso não saber nada de nada para pensar que podemos mudar alguém. As pessoas só mudam se isso vem delas, e é raríssimo que o queiram realmente. Nove a cada dez vezes, o desejo de mudança concerne aos outros. "É preciso que isso mude", frase ouvida *ad nauseam*, significa sempre que as pessoas deveriam mudar.

Eu mudei? Sim, certamente. Não tanto quanto gostaria. Podem me dar crédito por eu realmente ter tentado. Confesso minha irritação em relação àqueles que vos dizem, sem parar, que mudaram e que só conheceram o desejo de fazê-lo.

Tenho fé. Essa fé não tem objeto. Isso não significa que eu não creia em nada. Crer só é belo no sentido absoluto do verbo. A fé é uma atitude e não um contrato. Não há alternativas a selecionar. Se conhecêssemos a natureza do risco no qual a fé consiste, esse impulso não passaria dos cálculos de probabilidades.

Como saber se temos fé? É como o amor, sabe-se. Não é preciso nenhuma reflexão para determiná-lo. No gospel, há "*And then I saw her face, yes I'm believer*". É exatamente isso que mostra o quanto a fé e o estado amoroso se parecem: vemos um rosto e de repente tudo muda. Nem chegamos a contemplar esse rosto, apenas o entrevimos. Essa epifania é o suficiente.

Sei que, para muita gente, esse rosto será o meu. Estou convencido de que isso não tem nenhuma importância. E, no entanto, se quiser ser honesto, e quero sê-lo, isso me deixa perplexo.

É preciso aceitar este mistério: não podeis conceber o que os outros veem no vosso rosto.

Há uma contrapartida, no mínimo, tão misteriosa quanto: eu me olho no espelho. O que vejo em meu rosto ninguém pode saber. Chama-se solidão.

Copyright © Éditions Albin Michel, 2019
Copyright © Editora Planeta do Brasil, 2022
Copyright da tradução © Gisela Bergonzoni
Todos os direitos reservados.
Título original: *Soif*

Preparação: Carolina Donadio
Revisão: Elisa Martins e Giovana Bomentre
Projeto gráfico: Jussara Fino
Diagramação: Abreu's System
Capa: Adaptada do projeto gráfico original de Compañía
Imagem de capa: Malgorzata Maj / Arcangel

Dados Internacionais de Catalogação na Publicação (CIP)
Angélica Ilacqua CRB-8/7057

Nothomb, Amélie
   Sede / Amélie Nothomb; tradução de Gisela Bergonzoni. – São Paulo: Planeta, 2021.
   128 p.

   ISBN 978-65-5535-577-2
   Título original: Soif

   1. Ficção belga I. Título II. Bergonzoni, Gisela

21-5221   CDD 849.3

Índice para catálogo sistemático:
1. Ficção belga

Ao escolher este livro, você está apoiando o manejo responsável das florestas do mundo

A tradução desta obra recebeu o apoio da Federação Valônia-Bruxelas

2022
Todos os direitos desta edição reservados à
EDITORA PLANETA DO BRASIL LTDA.
Rua Bela Cintra, 986 – 4º andar
Consolação – 01415-002 – São Paulo-SP
www.planetadelivros.com.br
faleconosco@editoraplaneta.com.br

**Acreditamos
nos livros**

Este livro foi composto em Utopia Std
e impresso pela Gráfica Santa Marta para a
Editora Planeta do Brasil em janeiro de 2022.